RON
QUEI
RA

ASSIS FURTADO

RONQUEIRA

1ª EDIÇÃO

KOTTER EDITORIAL

Coordenação editorial: Sálvio Nienkötter
Editor-executivo: João Lucas Dusi
Editores-adjuntos: Daniel Osiecki e Claudecir de Oliveira Rocha
Capa: Paula Villa Nova
Designer editorial: Fernando Ribeiro
Produção: Cristiane Nienkötter

Dados Internacionais de Catalogação na Publicação (CIP)
Angélica Ilacqua CRB-8/7057

F987r

Santiago, Fábio

Ronqueira / Assis Furtado. – 1 ed. – Curitiba : Kotter editorial, 2024.
120 p.

ISBN 978-65-5361-207-5

1. Contos brasileiros I. Título

24-1335 CDD B869.3

KOTTER EDITORIAL

Kotter Editorial Ltda.
Rua das Cerejeiras, 194
CEP 82700-510 - Curitiba - PR
www.kotter.com.br | contato@kotter.com.br

Para Carol & Mannu.

Agradeço o amor de Carolina Furtado;
o conselho de Antônio Torres;
a sugestão de Baltazar Gonçalves;
& a providência de Zé Enrique —
que me deu minha primeira ronqueira.

PREFÁCIO

Escrever o prefácio para um livro é dessas missões muito perigosas, mas também muito convidativas. Aliás, talvez seja ainda mais convidativa por ser tão perigosa, afinal tecer olhares e opiniões sobre textos que ainda não chegaram ao leitor é quase um atrevimento.

O atrevimento de escrever sobre *Ronqueira,* livro que reúne contos de levas diferentes do autor Assis Furtado, é desses atrevimentos irrecusáveis. Talvez porque os temas que perpassam os textos de Assis me sejam tão caros e próximos: a infância e as duras descobertas inevitáveis, que beiram uma crueldade longe do óbvio; as famílias que se desfazem em perda e luto, mesmo de entes que ainda estão vivos; os horrores de uma guerra, que pode ser qualquer guerra cuja missão dos soldados é falhar...

Se os temas apontados aqui parecem duros e pesados demais, convém ressaltar que a maneira de narrar as histórias provoca o leitor a enroscar-se por seus enredos como um cúmplice direto – ou um culpado – pelas fatalidades de seus personagens. E isto é uma artimanha louvável de um bom escritor: enrodilhar seu leitor nas armadilhas de suas construções perigosas. Um livro como o de Assis traz narrativas que certamente exigiram um bocado de trabalho de seu autor, por isso elas exigem também de seu leitor, e a experiência completa de atravessar seu livro é recompensada não apenas no final, mas a cada página vivida.

É preciso alertar que os narradores de um contista habilidoso como Assis não entregariam ao leitor tão facilmente aquilo que guardam. Esses temas difíceis de lidar ganham contornos de uma falsa leveza atirada ao leitor que, inevitavelmente, morde a isca e é atraído para dentro de sua narrativa cheia de soluços e viradas inesperadas que trarão os leitores, sejam experientes ou não, até a mão do autor, que os alimentará com mais histórias, até que estes estejam completamente comprometidos com seu livro.

Assim acontece, por exemplo, já em "Ronqueira", conto que abre o livro, em que o personagem-narrador precisa tratar de suas primeiras perdas, ainda na infância. A maneira como a criança lida com os estigmas e tabus da masculinidade, em uma sociedade que faz da macheza uma moeda fundamental para a vida, é difícil e injusta demais:

> *"Quando dei por mim, já tava pelado, debaixo do chuveiro, chorando as lágrimas quentes. Meus olhos tavam ardendo. Parecia até que eu ia explodir, porque meu corpo todo tremia. Eu segurava pra não gritar. Chorava no chuveiro, porque daquele jeito nem eu nem ninguém ia me ver chorando. Nem meu avô, lá no Céu."*

Aliás, para mais que as injustiças de um choro negado, vale salientar que os personagens de *Ronqueira* lidam com uma espécie de fim do mundo cotidiano, quase diário, seja através da perda de um tucano de estimação, de um avô, das pequenas magias do dia a dia, da virgindade, da inocência e, sobretudo, da infância.

Esse sentimento de perda por parte de seus personagens, pequenos anti-heróis em busca de alguma perenidade, é a força capaz de humanizar os leitores de Assis Furtado, já que caímos muito constantemente na armadilha de esquecermos do quão humano somos e, por isso, precisemos ser lembrados disso sempre, como se a nós pudesse caber o peso de ser outra coisa.

A beleza apocalíptica, de um pequeno apocalipse que cabe a cada um de nós, dos contos de *Ronqueira* e as perdas de seus personagens – nossas perdas também, é bom que se diga – pode ser testemunhada em várias passagens, como estas que trago aqui:

> *"Pensava nas ferramentas do meu avô, que eu ia ter que arrumar na oficina dele; nos passarinhos, que eu ia ter que cuidar; nas alpargatas dele arrastando no chão, que nunca mais iam me acordar de manhã; nos domingos de feira, onde ele não ia mais me levar; nos meus tios, que não iam mais ter com quem implicar; na minha mãe, que ia virar a dona da casa e de quem eu não teria mais ninguém que me defendesse; no meu tucano, que era a única coisa do meu avô que ficou pra mim de verdade."*
>
> *"Eu, no fundo, não queria sentir ódio, não queria sentir vergonha. Eu só queria era voltar no tempo, pro dia em que meu avô morreu, pra falar com ele uma última vez."*
>
> *"O morro todo tinha mudado: só eu que piorei. Amélia Júlia, sentadinha na varanda, como sempre. Rosto pintado, carmim vivo. Estendi as flores. Ela sorriu. Tão grande, grande, grande, que pra mim foi uma surpresa: eu, na frente do inesperado."*

No entanto, já aviso: não se prenda, leitor, a estas coisas que digo. O livro diz mais, muito mais e melhor. Leia-o atentamente.

Atente, por exemplo, ao desamparo que sentem esses personagens. Não se deixe passar impune à infância fustigada que tiveram, às suas perdas, às primeiras experiências com a morte, ao jogo constante que estabelecem com a memória e seus *mementos*.

Não deixe que as imagens do cotidiano selecionadas pelo autor se percam na página, pois elas são uma chave importante para se alcançar as sensações que as frases precisas de Assis Furtado engenham.

É preciso que o leitor se enterneça diante das experiências, da despersonalização e do sentimento de não pertencimento dessas histórias, afinal, elas são nossas também. Assim como são de pessoas ao nosso redor, de gente de nossa estima, família, amigos, conhecidos e daqueles a quem solenemente ignoramos durante uma quarta-feira qualquer, enquanto caminhamos pelas ruas ou cumprimentamos na entrada de um prédio cheio de burocracia e relógios.

Além disso, é necessário salientar que não faltam outros artifícios muito bem usados por seu autor para compor este livro. É bonito ver como algumas construções ganham força dentro de um parágrafo: a metralhadora verbal disparada em "Carmim", por exemplo. Ainda, como um personagem chama sua difícil decisão ante os acontecimentos da vida: "Minha recusa, minha granada de mão". Posso citar também o samba que aparece no conto "Sereia", que se apresenta no ritmo com que o narrador desenvolve sua história para o leitor mais atento.

Não posso esquecer dos diálogos. Esteja atento, leitor, veja como o autor se utiliza da voz de seus personagens para conduzir suas histórias por fios narrativos bem trabalhados, tecendo de maneira suave os destinos nada suaves a que obedecem. Há momentos em que, mesmo durante as leituras silenciosas, é possível ouvi-los de dentro do livro para os olhos e ouvidos do leitor.

Aqui, preciso retomar uma ideia trazida já no primeiro parágrafo deste prefácio: o atrevimento de escrevê-lo.

Digo isso porque, já nos primeiros parágrafos de "Ronqueira", senti-me tão íntimo de sua linguagem e seu teor que me peguei a pensar como Assis Furtado é um escritor a nos dizer coisas que precisam ser ditas, mesmo que difíceis de engolir, como os remédios mais amargos.

Escrever um livro de histórias que o mundo tem tentado apagar cotidianamente é um atrevimento. E fazê-lo de maneira tão bem cuidada, cujo labor de cada frase pode ser visto, mesmo por quem apenas esteja a folhear um exemplar, também é outro atrevimento: um livro curto, mas que deve ser lido lenta e atentamente.

Este cuidado exigido pelo livro foi exigido de mim desde o começo, isso porque Assis cumpre essa difícil tarefa dada a alguns escritores – os grandes – como uma espécie de missão: dizer alguma beleza do que a vida insiste em não permitir beleza alguma.

É por tudo isso que imagino para *Ronqueira* um último diálogo em que um dos personagens deveria dizer: "O mundo acabou". Ao que outro respondesse: "ainda bem".

Santa Cruz, Rio Grande do Norte, em agosto de 2023.

Theo G. Alves
Escritor e poeta

RONQUEIRA

To be ignorant of evils to come, and forgetful of evils past, is a merciful provision in nature [...]

Sir Thomas Browne, Hydriotaphia, V (1658)

RONQUEIRA

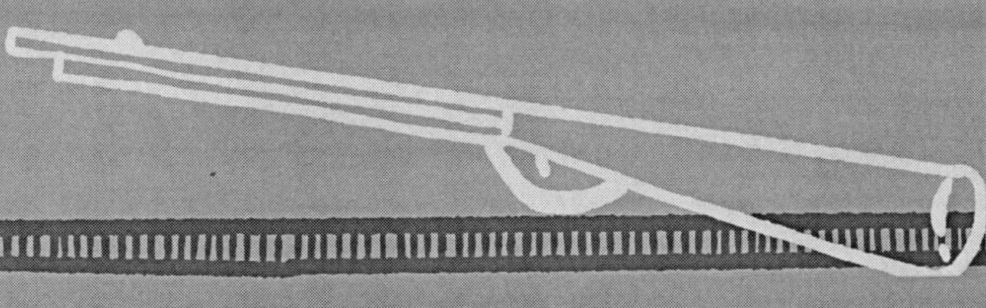

Ganhei um tucano do meu avô. Meu melhor amigo, o Bruno, ele tinha dois gatos — Flaviano e Severino — e uma gata — Constantina, que tava prenhe; o vizinho Sérgio, ele tinha um cachorrão, o Capeto: mistura de mastim com fila; meu avô, ele criava um monte de passarinho, e meus tios viviam implicando, dizendo que prender passarinho em gaiola é maldade. Ninguém tinha um tucano. Só eu. Um tucano boa-praça, sempre sorridente e animado, que às vezes fazia um barulho que parecia uma matraca. Meu tucano, que meu avô me deu. Se eu descascava uma banana e pegava um pedaço, eu jogava pro meu tucano e ele pegava no ar igual um cachorro. Era o maior barato, porque eu era o único moleque no mundo que tinha um tucano de estimação. Meu tucano era tão engraçado!

Foi num dia em que o Bruno e eu a gente tava voltando da escola pra almoçar na minha casa e, de repente, escutamos o Capeto latindo, brabo, e o miado dum gato. A gente correu pra ver e viu aquele cachorrão do vizinho Sérgio com o gato Flaviano, o do meu camarada Bruno, na boca, sacudindo a cabeça dum lado pro outro. Quando dei por mim, já tinha pulado a grade de arame, leal ao meu melhor amigo, e minha mãe tava na janela, gritando desesperada. Em sã consciência eu nunca na minha vida que ia pular naquele quintal onde o Capeto ficava. Só que eu pulei. A gente arrancou o gato da boca do cachorro e saiu correndo. O Sérgio nem ligou: continuou lavando o "Herói" — o monza branco dele —, tranquilão. O Bruno abraçava o Flaviano, correndo. Eu corria atrás, seguindo as gotas de sangue no chão. A gente levou o gato pra dona Ana Néri cuidar. O Bruno chorando. Ele era um chorão. Eu não ia ter essa coragem de chorar na frente dos outros, não. A velha passou um merthiolate roxo nos ferimentos do Flaviano e enrolou ele todo num pano de chão. Só que o gatinho não sobreviveu. O Bruno gritava que ia matar o Capeto; jurava por Deus e pela mãe dele; chorava aos soluços. Dona Teodora, mãe do meu amigo, abraçava o filho e ninava ele igual a um bebezinho; dizia: já passou, já passou — correndo a mão pelo cabelo dele. Eu não ia ter coragem de chorar igual neném, não; muito menos a minha mãe — ela nunca que ia me abraçar daquele jeito! O Bruno era meu amigo, só que ele era meio boboca, também: além de chorão, tudo ele contava pra mãe dele, tudo a mãe dele ajudava. Dona Teodora ficava fazendo carinho nele; quando ele fazia malcriação, ela só gritava com ele e punha ele de castigo. Acho que o Bruno às vezes tinha é que levar umas surras de chinelo na bunda, pra largar mão de ser tão boboca! pra deixar de ser tão choramingão! pra aprender a ser homem! Meu avô, que me ensinou tudo o que eu sei, que me dizia sempre: homem não chora! Eu, por exemplo, apanhei da minha mãe só porque eu pulei a grade de arame. Depois da morte do Flaviano, o Sérgio passou a prender o cachorrão dele na correia.

Fui chamar o Bruno pra mostrar pra ele as bolinhas de gude que meu avô tinha comprado pra mim na feira. O gato Severino andava no telhado, como sempre. Dona Teodora falou: vai brincar com o teu amigo — e o Bruno finalmente saiu de casa. Ele ficou uma semana sem ir pra escola, também! Só que a minha mãe, nunca que ela ia deixar eu ficar em casa daquele jeito: ela ia mostrar o chinelo e ia gritar — não tava nem aí pras minhas angústias, não!

Aí tudo começou a mudar na minha vida. Eu tava chegando da escola e escutei um choro na varanda da minha casa. Vi minha mãe, sentada no degrau com meu avô, chorando. Entrei pelo portão. Cheguei perto deles. Meu avô tava dormindo no colo dela. Eu nunca tinha visto a minha mãe chorar. Meu avô tava de boca aberta, com a língua pendurada por cima do beiço. Minha mãe me empurrou e gritou: meu pai morreu! Na hora eu realmente não soube o que fazer. Quando dei por mim, já tava pelado, debaixo do chuveiro, chorando as lágrimas quentes. Meus olhos tavam ardendo. Parecia até que eu ia explodir, porque meu corpo todo tremia. Eu segurava pra não gritar. Chorava no chuveiro, porque daquele jeito nem eu nem ninguém ia me ver chorando. Nem meu avô, lá no Céu. Minha mãe passou a noite costurando. Escutei a máquina rodando a noite toda, porque eu também não consegui dormir, não. Pensava nas ferramentas do meu avô, que eu ia ter que arrumar na oficina dele; nos passarinhos, que eu ia ter que cuidar; nas alpargatas dele arrastando no chão, que nunca mais iam me acordar de manhã; nos domingos de feira, onde ele não ia mais me levar; nos meus tios, que não iam mais ter com quem implicar; na minha mãe, que ia virar a dona da casa e de quem eu não teria mais ninguém que me defendesse; no meu tucano, que era a única coisa do meu avô que ficou pra mim de verdade. O enterro foi no cemitério do Anil. Fui com as roupas que minha mãe me fez na noite anterior; minhas irmãs, com os vestidinhos; minha mãe, com uma saia e uma blusa. Todo mundo de preto. Uma roupa preta, igual à do meu tucano, que ainda ia pesar sobre o meu corpo por muito tempo. Dona Teodora apareceu com o Bruno e com o pai do Bruno, também. Até o pai do Bruno veio ver meu avô. Ele apertou minha mão; pôs a mão no meu ombro; disse: força, meu filho! O Bruno me abraçou; pôs a mão no meu ombro; disse: eu nunca vou esquecer. Dona Teodora se agachou; olhou firme nos meus olhos; me abraçou com força; segurou meus ombros; os olhos dela tavam molhados; os olhos dela eram verdes; eu vi os peitos dela aparecendo pelo decote quando ela se inclinou; ela correu a mão pelo meu cabelo; ela me deu um beijo na testa; ela passou a mão no meu rosto; os olhos dela tavam brilhando; saía um cheiro bom de dentro da blusa dela; ela beijou minha testa de novo; então ela falou pra mim, assim: a gente sempre vai estar com você, meu filho. Ela me abraçou outra vez, depois beijou minha testa. Senti o cheiro bom do pescoço dela; os peitos dela encostando em mim; as mãos firmes dela me segurando. Senti vontade de chorar. Vi meus tios e fiquei morrendo de raiva. Eles não foram de preto. Passaram o tempo todo rindo e falando alto, sem o menor respeito, envergonhando toda a família. Depois do enterro, foram na casa do vizinho Sérgio pra tomar cerveja e comer um churrasquinho. Puseram uns discos de pagode e levaram umas mulheres, lá, que eu nunca tinha visto. Quis contar pra minha mãe o quanto aquilo me doía. Mas eu ia chorar igual um neném se eu abrisse a boca. E ela, ela não ia me ouvir, mesmo. Ficou costurando.

No outro dia meu avô não tava mais lá. Eu não ia com ele buscar o baguete e ver os três canários-da-terra que tinha lá na padaria; não ia ver o trinca-ferro enquanto ele pegava o Jornal do Brasil na banca pra ler; não ia ver o coleirinho-papa-capim enquanto ele escanhoava a cara e afeitava o bigode no barbeiro; não ia ver ele molhar o pão no café com leite; não ia ficar com ele na oficina a manhã toda. Era domingo, não tinha escola nem oficina. Tinha feira. Quem é que ia na feira? minha mãe? e minhas irmãs, elas iam ficar sozinhas? Eu que não ia ficar cuidando delas — mas de jeito ou maneira! Sentia um peso no meu peito. Ouvi o portão abrindo. Era meus tios. Entraram como se eles fossem os novos donos da casa. Foram lá pro quintal, na horinha mesmo. Escutei a cantoria dos passarinhos; a matraca do meu tucano; o latido do Capeto, o cachorrão do vizinho Sérgio; tudo ao mesmo tempo. Uma confusão. Minha mãe tava encostada no batente da porta dos fundos, fumando um cigarro. Quando ela me viu, abriu alas pra eu passar. Lá fora, meus tios desciam as gaiolas da parede; abriam; tiravam os passarinhos de dentro; jogavam os passarinhos pro alto; jogavam as gaiolas no chão; e pisoteavam as gaiolas. Comemorando e rindo. Corri, enlouquecido, e comecei a empurrar, a socar e a chutar todos eles. Gritei, berrei — me esgoelei. Eles me seguraram e riram de mim. Eu quis matar eles todos naquela hora! Quis ser gente grande, pra encher eles de porrada! Foi embora o coleirinho-garnizé; o sabiá-fumaça; o curió-maestro; o azulão-baião; o tangará-batuqueiro; a pintassilva-da-terra; o canarinho-anspeçada; e muitos, muitos outros. As gaiolas quebradas se amontoavam debaixo da goiabeira. Eu gritava os nomes dos pássaros, implorando que eles voltassem; olhava pro alto, correndo em círculos, pra ver se eles me ouviam; segurava pra engolir o choro. Até que um tio meu pegou o tucano. O meu tucano. Urrei igual um endemoninhado. Meu tucano olhou pra mim, desalentado e tristonho. Me joguei pra cima dele, com todas minhas forças. Outro tio me segurou pelos braços.

Disse assim: deixa de ser criança, rapá! Por mais que eu me debatesse, não adiantava. Eles riam de mim. Aquele meu tio jogou o tucano pro alto, pro tucano voar pra longe. Gritei, já aos prantos, numa aflição que eu não sei nem explicar. Outro tio, o terceiro, disse assim: pode chorar; pode chorar. Mas eu não podia. Não podia de jeito ou maneira. Mas eu chorei. Chorei demais. Gritei, vendo meu tucano, desengonçado, no ar. Meu tucano, sempre divertido, disposto e simpático, tinha olhos assustados. Gritava, também; um grito esquisito; que só eu escutava. Só eu reconhecia e mais ninguém. Então, de repente, meu tucano caiu espandongado no chão. Me soltei do tio que me continha e corri: meu tucano não voou! ele quis ficar comigo! ele quis ficar comigo! Abracei meu tucano, que era a única coisa do meu avô que ficou pra mim de verdade. Ele caiu meio estropiado, mas eu me alegrei. Parei de chorar. Olhei feio pros meus tios, abraçado no meu tucano. Gritei, furioso: vão embora daqui, seus patifes! descarados! sem-vergonhas! Eles riram. O mais moço dos três chegou perto e disse: pode chorar; pode chorar. Cuspi nele. Rugi pra ele, mostrando os dentes. Outro tio, riu de mim. O mais velho dos três chegou perto. Preparei outra escarrada, abraçando meu tucano com mais força. Então aquele meu tio, ele me disse: esse tucano aí, que tu tanto gosta; ele não voou; foi porque teu avô, que tu tanto gosta; teu avô cortou as asas dele! Minha mãe ficou olhando; encostada no batente da porta dos fundos; fumando o cigarro dela.

Ódio e vergonha: só isso tomou conta de mim. Ver a oficina vazia; as ferramentas dilapidadas pelos tios, pelo vizinho Sérgio, por quem quer que batesse palma no portão pedindo: minha mãe, ela entregava na mão de todo mundo. As latas de comida de passarinho que ela esvaziou e jogou fora. A mesa da sala, onde meu avô me mostrava a enciclopédia que ele comprou pros meus tios, os dicionários, os livros sobre a guerra; só eu. Lá do Céu, ele não me viu chorando. Ele sabia que aquilo ia acontecer, então me deu meu tucano. Meu tucano, que era igual um cachorro, só que muito melhor. Meu tucano de estimação: eu era o único moleque do mundo que tinha um tucano de estimação! Meu tucano: a única coisa do meu avô que ficou pra mim de verdade. Eu já não queria mais soltar pipa, nem jogar bola, nem andar de carrinho de rolimã, por mais que meu camarada, o Bruno, me chamasse. Eu ia desgostoso; como se fosse obrigado; envergonhado, o coração cheio de ódio pelo mundo. Na escola, fiquei quieto. Os coleguinhas começaram a gozar de mim e eu comecei a encher todo mundo de porrada. Eu ia almoçar na casa do Bruno porque não aguentava entrar na minha casa e ver que lá dentro eu tava sozinho. O gato Severino no telhado, como sempre. Dona Teodora fazia o prato pra mim; feijão com arroz, farofa, o bife acebolado, batata frita e saladinha de alface, tomate e cebola; me dava um beijo na testa; me tratava como se eu fosse outro Bruno. Mas nem o Chaves na televisão me distraía. Eu comia, nervoso. Não queria, mas queria voltar pra ver meu tucano. A gente tinha que estudar. Mas eu não queria, eu precisava, eu precisava ver o meu tucano. O Bruno me chamou pra jogar bolinha de gude — e de repente não consegui segurar o choro: sentei no chão, cruzei as pernas, apoiei os cotovelos nos joelhos, deitei a cara nas minhas mãos e chorei. Chorei no meio da sala da casa do meu amigo Bruno. Dona Teodora correu a mão pelo meu cabelo e falou: tudo se renova, meu filho. E era muita verdade, porque a Constantina, aquela gata que também era do Bruno, ela deu cria. Dois gatinhos vingaram da ninhada. Eles viviam aparecendo no quintal da minha casa, como se fosse pra me chamar de volta. Eu, no fundo, não queria sentir ódio, não queria sentir vergonha. Eu só queria era é voltar no tempo, pro dia em que meu avô morreu, pra falar com ele uma última vez.

Mas se eu voltasse mesmo no tempo, eu voltava pro dia em que eu não fui almoçar na casa do Bruno e almoçava na casa do Bruno. Com a Dona Teodora fazendo meu prato, rindo do Chaves na televisão e trocando as figurinhas da olimpíada que a gente colecionava dos chicletes que eu não mascava porque minha mãe não deixava. Se eu tivesse evitado a minha própria casa, não tinha visto é nada. Vim da escola. Eu, debaixo das amendoeiras. Os paralelepípedos da ladeira. Aí eu escutei o Capeto latindo, latindo demais. Entrei pelo portão. Pela grade de arame, no quintal do Sérgio, o cachorrão na correia, agitado. Segui o corredor, pros fundos, pra oficina. O gato Severino me viu, com os grandes olhos amarelos, e fugiu ligeiro. No canteiro, junto ao pé de cará, atrás da jiboia, embaixo do comigo-ninguém-pode. Tava ali. Despido de sua roupa preta. A boca aberta, a língua pendurada por cima do beiço. Sem os olhos animados, sorridentes, boas-praças. Sem o corpo — o corpo entre as asas estendidas —: um monte de penas, esfarrapado. Meu tucano, trucidado. Não quero falar sobre isso.

Sozinho. Sozinho, entrei na oficina. Aquelas dores me diminuíam. Mas eu resistia. A oficina escura. Poeira, teia de aranha, cacareco. Um martelo que amasse Severino. Um alicate que esmague Severino. Uma chave que destronque Severino. Minha salinha de tortura: minha oficina do diabo, minha cabeça vazia. Meu coração só. Planejei por dias, sem dizer nada pra ninguém: nem pro Bruno, nem pra Dona Teodora, nem pra minha própria mãe. Ninguém mais viu. Não ia servir pra nada. A oficina escura. Meu refúgio. Enciclopédia: ilustrações e diagramas; os dicionários com os nomes e os esquemas; livro de guerra, com sua tática e arsenal. Encontrei um guarda-chuva. Puxei ele com força, porque tava preso no meio da montanha de coisa velha. Ergui ele no ar, como se eu fosse o rei Artur das histórias que meu avô me contava. Um espeto que espete Severino. Uma espada que abata Severino. Uma ponte que resolva Severino. Um pedaço de pau: "régua", no dicionário. Serrei num pedaço maior, noutro menor: "fuste" e "coronha". Marreta e formão abriram uma canaleta na régua, onde deitei o cano do guarda-chuva, que firmei com uns ferrinhos: "virolas", na enciclopédia. Carregamento pela boca; acionamento por bombinhas enfiadas na culatra; pregos como munição: um simples "canhão manual", do livro de guerra — "ronqueira" —, que chamei de "carabina". Minha carabina, que eu mesmo fiz. Sozinho. Eu era o único moleque do mundo que tinha uma carabina daquela.

Eu sabia onde encontrar Severino. Pratiquei tiro numas latinhas da oficina, lá nos fundos da minha casa, mesmo. Minha mãe, costurando, gritou. Respondi que era as bombinhas que tinham sobrado da festa junina. Não era mentira. Resoluto, peguei minha carabina e fui perpetrar minha vingança. O vizinho Sérgio lavava o "Herói" — o monza branco dele —, tranquilão. Minha carabina à mão e eu, sozinho com ela. De longe vi meu inimigo, de olhos amarelos. Deitadão no telhado da casa do Bruno. Mirei primeiro, do meio da calçada, despreocupado ainda com coisa qualquer. Severino bocejou e remexeu a cauda, lânguido. Inescrupuloso como um psicopata. Carreguei minha carabina. Soquei o "cartucho de pólvora" pela culatra. Preparei os fósforos. Mirei outra vez. Severino no telhado, como se fosse o imperador: morto, muito morto, sem os olhos, tornado num monte de pelos, esfarrapado, os olhos amarelos vazados, fedendo na sarjeta e apodrecendo, revoado de mosca-varejeira, comido de verme, pra sempre amaldiçoado; vivo, sempre vivo, morre meu tucano, voam os passarinhos, morre meu avô; morto, me engrandeço pra fora dessa dor, nunca mais vou estar sozinho, vou tomar o que é meu; vivo, amargo a vida da sua casa, do almoço posto à mesa, da televisão a cores, do carinho e da atenção, do choro de neném, pra sempre; morto, tenho minha vingança; vivo, morre a única coisa do meu avô que ficou pra mim de verdade; morto, nunca mais o meu melhor amigo. Eu quero ser o Capeto. Ainda que condenado de todo jeito ou maneira. Acendi o fósforo. Acendi o pavio da bombinha. Mirei. O Bruno saiu pela porta. Severino no telhado. O Bruno gritou: não! Rangi meus dentes, soldado de verdade, carabina à mão, na guerra. O Bruno veio correndo e minha arma disparou. Adeus, minha dor; adeus, minha solidão; adeus, meu amigo. Severino deu um grito; caiu do telhado; morreu. Me arrepiei todo. Bruno, de olhos enormes. Meus calafrios não passavam. Bruno correu pra ver o corpo. Larguei minha carabina, joguei longe a caixa de fósforos, deixei pregos e bombinhas caírem do meu bolso. Bruno se ajoelhou junto ao gato morto dele. Fui andando, devagar, pra ver o que acontecia. Onde é que tava o meu sossego? Meu avô me olhava, lá do Céu. Senti vontade de chorar. Bruno virou a cara pra mim, aflito. Sobrancelhas franzidas. Narinas arregaladas. Boca amarrada. Meu coração batia tanto: eu não sabia mais o que fazer. Eu não era o Capeto, mas sim um passarinho engaiolado. E quem haveria de me prender na correia? Meu melhor amigo. Adeus, meu amigo. Bruno pôs a mão no rosto. Chorei. Solucei. Gemi. Bruno se levantou. Estremeci. Meu peito doía, como nunca doeu antes. Bruno fechou os olhos e respirou fundo. Eu chorava aos soluços, gemendo, igual um neném. Bruno me abraçou com muita força. Então falou: eu nunca vou esquecer.

3ª 26-IX-2017 ±23h20
Araraquara/SP

CARMIM

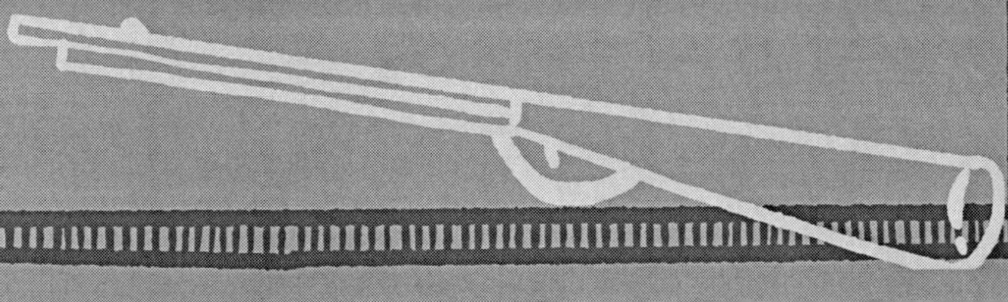

Todos os gestos eram culpas graves. Pudera imitar tio Miquelino. Me dedicar. Conseguir o perdão. Botar a culpa nele era mais fácil: derramar a carrada de responsabilidade naqueles ombros com estatura pra aguentar o peso. Hoje compreendo. Sempre acreditei que ele se separou da Amélia Júlia por minha causa. Eu me achava um estorvo na vida deles. Só que o tio, ele não podia ver mulher. Não resistia às tentações. Chegava em casa de manhã todo marcado, cheirando a perfume. A tia acabava com ele. Se acabava. O forte que ele era. Seis dedos em cada mão. Na direita, que era trabalhador; na esquerda, que nasceu com a febre mulherista. Dois anelares: sempre uma aliança a mais. Ele levou cimento, tijolo, o escambau, lá pra cima. Naquele tempo não tinha calçamento nem rua. Não tinha nada. Só uma picada estreita no meio do mato. Veio sozinho, o homem. Cercou o olho d'água e construiu a tal da bica, a que dá nome à ladeira. Ele que fez. Puxou um cano pra prover a habitação de água, a casa que ele ergueu pra Amélia Júlia morar. Porque ela, ela não tinha casa. Tinha uma filha, uns anos mais velha do que eu. Os dois brigavam tanto, que um dia tio Miquelino saiu e não voltou mais. Às vezes ele aparecia pra pintar uma parede, consertar uma telha, matar uns ratos, essas coisas. Deu umas galinhas pra gente ter o que comer. No meu aniversário ele trazia pipa, buscapé, roupa. Carne pro churrasquinho no quintal. A molecada do morro vinha pra festa, os poucos vizinhos daquela época. O samba. Nesses dias sempre tinha briga: na hora marcada, a Amélia Júlia dava o escândalo dela. Mas todo ano o tio voltava pra me ver. Já a tia, ela nunca saía. Almoçava, pintava o rosto e ficava a tarde toda sentadinha na varanda, sem fazer nada. Punha a filha pra cuidar da arrumação da casa, ir na feira, comprar pó de arroz, rouge e carmim, lavar a roupa, tudo. Dava banho na minha "prima" e em mim no cano d'água que o tio puxou lá pro quintal. Descendo a escadinha de cimento, era ali, no meio do mato, que a Amélia Júlia lavava a gente. Com as mãos duras. Eu, menino, a prima, mocinha, debaixo da casa. Gostava muito de descer o morro, ir na feira, ver o movimento da cidade e ouvir o trem passar. A prima conhecia todo mundo. A gente voltava, carregando os mantimentos. Muita cebola, que a Amélia Júlia ficava uma hora inteira picando. Chorando torrentes. Resmungando. Era severa: com a menor malcriação vinham aquelas surras inesquecíveis. E o escândalo dela. Quando eu brigava com os moleques, ela vinha me defender: me chamava de "filho". Quando me surrava, eu já não era mais filho nem sobrinho: não era nada dela, ela gritava. Veio um tempo. Ela começou a me mandar pra rua. Chamou uns pedreiros: queria levantar uma mureta em volta do cano d'água porque outros posseiros vinham construindo nos arredores. Compreendo que a gente precisava esconder nossa nudez, preservar a intimidade. Mas a casa de banho nunca ficava pronta. Chegavam os pedreiros — sempre diferentes — pra trabalhar na obra e a Amélia Júlia me obrigava a ficar o dia inteiro na rua, soltando pipa com a molecada. Quando entendi do que se tratava — quando vi a quantidade de dinheiro que ela guardava numa latinha — ela passou a me pagar pra eu não voltar pra casa à tarde. Vintém por vintém. Me chamavam de "filho da puta" e eu enchia todo mundo de porrada. Por que não foi tio Miquelino quem levantou as paredes da casa de banho, eu não sabia. Se fosse ele, terminava em poucos dias. Mas essa obra despertou em mim um novo interesse: comecei a me esconder atrás do abacateiro pra espiar minha prima. O corpo dela. As formas. As curvas. A delícia. Um dia ela me apareceu no banho. Tirou a roupa. Me abraçou. Tão forte. Alisou meu peito. Beijou na boca. Me assustei. Tentei evitar, mas ela era maior. Então deixei. Ela me fez virar homem, como ela dizia, orgulhosa: "Não era isso o que você queria?" Aí mudei minha visão de mundo: notei que a Amélia Júlia andava sem nada debaixo do vestido. Cebola, choro, pó de arroz, varanda e as pratas que ela pagava pra eu soltar pipa com os meus coleguinhas. Vinham os pedreiros pra não terminar a obra. Tive uma ideia: comecei a irritar a Amélia Júlia de propósito, só pra atiçar a enxaqueca, só pra ela perder a compostura e me surrar, enlouquecida. E aqueles peitos enormes saltavam pra fora. E eu via. Eu via. Apanhava igual criança, contente feito homem. Veio outra vez a culpa. Pela prima, acostumada a ser fodida no banho, nos dias depois das regras dela, e pela tia, com os peitos balançando na minha cara. Aquela pouca vergonha de aproveitador safado e descarado: que merda que era aquela, que eu tava fazendo? Então eu pensava: não sou nada dela, não sou sobrinho, não sou filho. Gozo e aflição. Procurei tio Miquelino. Encontrei. Morava com outra mulher numa casinha lá na Vila São Luiz. Tinha um filho, primo meu. Construiu aquela casa, que era igual à nossa: o cano d'água no quintal dos fundos, voltado pro capim alto da encosta. O tio me abraçou. Quis contar pra ele o quanto eu era um sujeito ruim. Que precisava melhorar. Que queria perdão. Não. Tomei cerveja na varanda. A Amélia Júlia passa carmim na boca; não sai nunca de casa; fica só, lá, sentada, esperando alguma coisa; pica uma dúzia de cebola todo dia; chora, resmunga — o que é que eu faço? Mas calei. Escutei. Ele falou do Mato Grosso; da revolução; do capitão; da filha do capitão, que ele raptou. Mas não falou de mim, da minha infância mais remota. Ela nasceu pra ser princesa, não pra ser vadia, ele contava. Não disse nada sobre a prima — não era filha dele. Minha mãe de verdade tinha morrido fazia muito tempo. Cólera. Tio Miquelino recomendou que eu me alistasse, que eu servisse à pátria, porque já era hora: deixar os assuntos domésticos pras mulheres e ir tomar conta do Brasil. Cultivar uma vida pública. Vestir farda, ter respeito. Ter um prato de comida, ter cama pra dormir. Já era hora. Então tomei o trem. Me alistei. Vesti a farda. Fui pra guerra, cometer também atrocidades. Sentir o gosto que tem o medo de morrer. Me mijar todo, tremer, bater os dentes. Minha patrulha cercou uma casa. Era inverno. O sargento mandou lançar uma granada de mão. Puxei o pino. Mirei a janela. Lancei. Quando a gente entrou, eu vi os corpos. Mulher, garota e menino. Esfacelados. Caí de joelhos, gritei e chorei. Pedi perdão a Deus. Me levantei pra quebrar tudo ao meu redor, mas já tava tudo quebrado. Bati o fuzil no chão, nas paredes, nos escombros. O sargento me segurou. Chorei no ombro dele. A casa era pequena: quarto e cozinha. Bica d'água no quintal, na encosta. A dor era enorme. Fui pra retaguarda, acusado de neurótico. Escrevi carta, mandei fotografia. Assisti um espetáculo: inesquecíveis, os detalhes. "O lamento da ninfa", madrigal de Monteverdi. Dois velhos tenores, uma soprano, moça. E se eu fosse capaz de prestar atenção na parte boa das coisas? Se, num gesto hediondo, eu apagasse da minha cabeça o que impedi, o que provoquei? O amor impossível de Miquelino e Amélia Júlia? O calor, o suor e o gemido da prima? A alegria e o castigo das surras que eu levava? O sujeito ruim que eu era? Chegou uma carta pra mim. Abri depressa, tremendo. A prima contava que tinha se casado com um crioulo lá da feira. Tinha mostrado meu retrato pra Amélia Júlia, que chorou de saudades. Nunca vi a tia chorar longe das cebolas. A prima decifrou o que a mãe dela tanto resmungava: "Ele vai voltar pra mim." Mas eu podia morrer. Meus colegas traziam as putas. Eu renunciava. Pensava na prima, tomando banho no quintal, se ensaboando toda. Pensava no marido dela, homem forte e trabalhador. Mesmo enciumado, consegui me contentar. Me alegrar por ela. Desejar boa sorte. Foi pro bem dela: eu podia morrer e ela não podia ficar sozinha, desamparada. Prometi ao sargento que ia foder a primeira vadia que abrisse as pernas na minha frente quando eu voltasse. Voltei. Me dispensaram sem café da manhã nem triunfo. Não mereci. Peguei meu dinheiro, tomei o trem e fui visitar a Amélia Júlia lá no morro. Levei umas flores pra ela. A ladeira, aberta: o progresso tinha chegado. Escutei o arrulho d'água na bica, a que meu tio Miquelino construiu tantos anos antes, que servia toda a vizinhança. Muitas casas novas, muita gente. O morro todo tinha mudado: só eu que piorei. Amélia Júlia, sentadinha na varanda, como sempre. Rosto pintado, carmim vivo. Estendi as flores. Ela sorriu. Tão grande, grande, grande, que pra mim foi uma surpresa: eu, na frente do inesperado. Se eu soubesse — ela me abraçou tão forte. As mãos duras. Alisou meu peito, admirou minha farda. Me beijou na boca. Me assustei. Considerei evitar, mas ela era voraz. Deixei. Não pensei. O beijo: marcou meus lábios, tudo ao redor, aquele vermelho-sangue, aquele surto, aquele incêndio. Ela me puxou pela mão, sempre arregalando os olhos pra mim, sempre sorrindo. Entrou. Reconheci o cheiro forte de cebola da rotina. Na ausência da prima, a casa tava relaxada, quarto e cozinha. Amélia Júlia tirou a roupa depressa. Agitada. Meu coração batia — bruto, doentio, sufocante — violentamente. Ela recostou no travesseiro, meio sentada no colchão, e devagar; devagar; devagar, abriu as pernas. Eu não vi. Não pude ver. Tremi, apavorado: pronto pra morrer. Ela sorria aos poucos. Convidava. Desviei o olhar daquela carne toda. Me acometeram — todas as culpas nas minhas costas outra vez. Eu, que não era tão forte feito tio Miquelino. Eu, que aspirava a tanto. Eu, enganado e ignorante. Quando dei por mim, tava fugindo, correndo ladeira abaixo, desatento a qualquer coisa, evitando a vizinhança que vinha me saudar — herói da pátria —, agoniado igual um desertor. A vida sempre me traz de volta. Eu é que sou um covarde, mesmo. Nasci com cinco dedos em cada mão. Fiquei numa pensão, no bairro dos capixabas. Não dormi. Suei. Chorei. Rezei. Devia ter morrido na guerra, glorioso, de barriga cheia. Mas nem pra isso eu servia. Tentei botar a culpa no tio Miquelino, na prima, na própria tia, no sargento, no presidente, nos alemães. Amélia Júlia era alemã. Ou italiana. O capitão, o pai da filha raptada. Aquela que não nasceu pra ser vadia, mas sim pra ser princesa. Rezei, soluçando. Pedi perdão. O peso era demais. Voltei lá no dia seguinte, pronto pra quase tudo. Ela não tava sentadinha na varanda. Aconteceu alguma coisa. Não tava na cozinha nem no quarto. Não era dia de feira. Escutei a água batendo lá embaixo, no quintal. No tempo em que eu tive fora alguém devia ter terminado de levantar as paredes da casa de banho: as pessoas tinham se multiplicado por todos os lados do morro e a intimidade precisava ser preservada. Se eu descesse, não ia assistir à nudez dela outra vez. Porque sou um covarde de merda, mesmo. Os degraus tavam cheios de limo. A casa de banho, inacabada. Ninguém. Uma galinha acolheu os pintinhos debaixo das asas quando me viu, bem me recordo. Então olhei pro alto. Era ela, minha tia, Amélia Júlia, enforcada no abacateiro. Não sei mais o que aconteceu. Uns queriam me linchar, dizendo que eu tinha assassinado ela; outros testemunharam ela ainda viva, chorando na varanda, quando eu corri a ladeira da bica abaixo. Eu não podia morrer. Abri a latinha, somei ao meu próprio soldo, comprei jazigo no cemitério. Vestido de festa, casa funerária, coroas de flores. Comida e bebida à vontade pra toda a vizinhança: o velório que Amélia Júlia merecia. A prima não pôde vir. Tava no sítio do sogro dela em Minas Gerais. O esquife — madeira nobre, cerejeira — a gente carregou morro abaixo, em procissão, até os portões do campo santo, entre as amendoeiras magras, pra tumba. Eu, à direita. Tio Miquelino, à esquerda. Quatro pedreiros — voluntários — caminhando atrás de nós. Aquela mulher nos nossos ombros. Baixamos o corpo, despejamos flores, sepultamos. Uma tristeza, aquilo. Terra cobrindo o caixão e o sentimento de culpa outra vez me assaltando. Eles podiam ter me linchado, me rendido, me aliviado, aqueles patifes, porque o culpado era eu, relaxado. Não pedi pra moça da funerária que pintasse a Amélia Júlia, não com os expedientes que ela punha na cara de todos os mortos, mas sim com aquele pó de arroz cotidiano que a tia ornava o rosto pra depois passar a tarde sentadinha na varanda. O carmim. Foi-se, desmascarada. Fraco, desabado, chorei na frente de todo mundo. Tio Miquelino me abraçou com muita força.

Os seis dedos nas mãos. Meus gestos não eram hediondos o suficiente pra se desmancharem, um em cima do outro. Eles se ajuntavam feito um monte de paralelepípedos em cima do meu peito. Não consegui voltar à residência. Caí no mundo. Fui servir de pedreiro, também, na construção civil. Erguer prédio em São Paulo e Belo Horizonte. Construir Brasília, como tantos outros. Cauteloso no que fazia, tentando preservar minha intimidade de mim mesmo. Tive mulher, tive filhos. Mas a lembrança vinha sempre me perseguir: a galinha, o abacateiro, a Amélia Júlia. Minha recusa, minha granada de mão. Eu me esforçava em preparar cimento, assentar tijolo bem aprumado, queimar as costas debaixo do sol. Minha penitência, meu silêncio todo. Tio Miquelino ficou doente e eu fui ver ele no hospital, a tempo de me despedir. Ele já tava bem velhinho. Quis contar que eu era feliz com a minha família; empregado satisfeito; parcos recursos, mas suficiente; remediado. Mas calei. Escutei. Ele falou das amantes dele; dos filhos; dos compromissos. Falou do rapto da filha do capitão, que nasceu pra ser princesa, mas que ele nunca mereceu. Pediu perdão. Pediu perdão. Não falou de mim, não recomendou nada. Morreu dormindo. Já era hora. Fui preparar o enterro. Visitei o jazigo, aquele que eu tinha comprado. Disseram que precisava exumar a Amélia Júlia, que era pra abrir espaço. Concordei, contrariado. Os coveiros me entregaram uma caixa, que era pra recolher os restos mortais. Pás e picaretas: o verniz ainda brilhava sobre madeira, a nobre cerejeira. Coisa espantosa. Abriram o esquife: lá dentro, ela, Amélia Júlia, incorrupta. Com o vestido de festa que arranjei pra ela dançar na mansão dos mortos por todo o século. Me deu um arrepio. Chorei baixinho quando notei. Eu vi. O rosto dela. Pó de arroz e rouge. Carmim na boca. Não foi sonho nem pesadelo — os coveiros chamaram aquilo de "inacreditável". Fazia quantos anos que ela tava enterrada? Quinze? Vinte? Parecia até que ela nem tinha morrido; que ela tava só dormindo; que ela tava sentadinha na varanda esperando ele voltar. E ele voltou. E ela sorria. Tão grande, grande, grande, que pra mim foi uma surpresa. Chorei, na frente do inexplicável. Sepultei tio Miquelino, repousado ao lado dela, reunido, finalmente, ao único amor que ele teve. Pudera herdar aquela estatura, ter ombros pra aguentar o peso. Não apareceu muita gente pro velório. Vieram muitas das amantes, feito um coro de carpideiras, trazendo cada qual um filho homem. Sempre homem. Uma chegou perto. Me cumprimentou. Me apresentou pro menino dela: "Este é teu irmão mais velho. Tu lhe deve respeito. Ói só como são parecidos." As outras, tantas, repetiram o gesto, o olhar, as palavras. Então todos meus irmãos, desvelados, vieram me abraçar ao mesmo tempo. Pirralhos, moços, também homens feitos. Todos de uma só vez. Era eu, multiplicado, quando entendi do que se tratava. Hoje compreendo, mesmo sem saber quase nada. E cuido das viúvas, e cuido dos irmãos. É assim, nessa dedicação que herdei, que tenho a fé. Um dia: eu vou conseguir esse perdão.

Sb 2-V-2015 ±17h00
Américo Brasiliense/SP

MENINO COM PÁSSARO

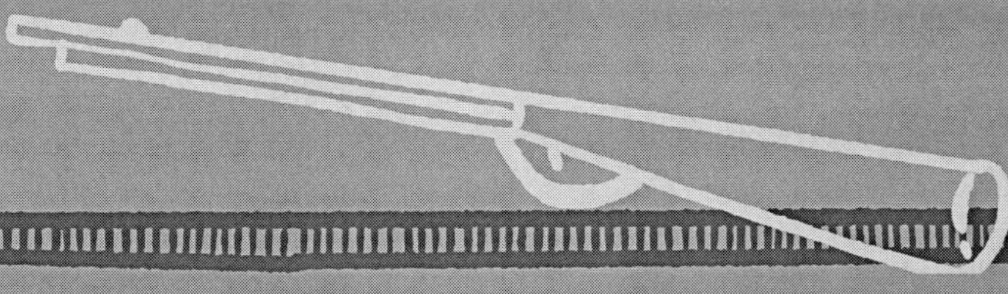

A rua descia pela esquerda, que dava pra ver a linha do trem atrás do muro. O menino pisava os paralelepípedos, ouvindo já o barulho alto, também sentindo os cheiros fortes da feira. O avô parou na banca e apostou no bicho. Tinha grandes planos. Já o neto, o pequeno, este desejava feijões mágicos, certamente encontrados nalguma barraca, que o avô ia comprar pra ele. Era bom de barganha, o velho: primeiro mostrava as muitas variedades de frutas, quais ainda verdes, quais maduras; cheirava atento; então apontava aquelas podres. Banana podre não dá, meu camarada! — e o feirante abaixava o preço. Mas o velho continuava a reclamar, a pechinchar e insistir, escolhendo verduras das mais diversas, legumes frescos, frutos da terra. O menino olhava ao redor: lá vinha uma fila de mulheres altas, magras, carregando coisas na cabeça. Um peito escapando da alça do vestido — que engraçado! Outras falavam sem parar: bastava terminar uma conversa, já catavam outra pelo caminho — fofoqueiras! O avô puxou pelo braço: vamos! Quero feijões mágicos! Quer feijão mágico, meu filho? Feijões mágicos! Mágicos? É! Igual aos da história que te contei? É! Compra pra mim uns feijões mágicos! eu quero! A rua era longa e tudo estava à venda: compra pra mim feijões mágicos! eu quero! Você quer é ficar igual aquele pirralho ali, menino, não é não? — e o avô apontou um moleque chorão, malcriado, gritando com o pai na frente de todo mundo. O neto se aquietou. Não era aquilo o que queria pra si: não sou pirralho! não sou chorão! sou é homem! Assim que se fala! — elogiou o avô. Outro velho chegou junto e o provocou com algum insulto estranho. O menino arregalou os olhos. Os dois se abraçaram e riram. O outro velho trazia uma galinha debaixo do braço. Os dois vão lembrar da guerra; reclamar do preço; perguntar como vão as mulheres; falar de política; contar piada; lembrar de novo; e convidar pra almoçar no sábado. Esse aí é que é o varão? como tá crescido! Mas o menino só queria ir embora, porque a galinha o estava incomodando. Você é homem ou não é? — perguntou o avô, irritado — vai fazer igual àquele pirralho malcriado, vai? O neto se aquietou. Esperou. O outro velho mostrou a galinha. Tinha grandes planos. Relembraram trincheira e casamata, galocha e frieira. Amigos mortos. O avô ria da galinha. O menino sentou no chão, cruzou as pernas e apoiou a cabeça nas mãos. Tédio. Avistou a barraca de feijão, maravilhosa. Levantou-se depressa: correu, cruzando a multidão; aproximou-se. Observou, atento e encantado, as muitas variedades de feijões: tamanhos, formas e cores — os mágicos deveriam estar nalgum lugar. Pivetes olhavam pra ele, sujos e abandonados. O que queriam? amizade? feijão? Tira o olho de mim! pensou o menino, incomodado. Eles remexeram grãos e foram embora correndo, levando um punhado nas mãos. Voltem aqui, seus pirralhos! pensou o menino, indignado. Irritado; inconformado com coisa errada, perpetrada assim, impunemente, diante dele. Pudera xingar como o avô — seus patifes! descarados! sem-vergonhas! — xingar, cuspir e fumar como um soldado de verdade! Olhou as sacas de feijão: o feijoeiro não tinha nem notado o grande prejuízo, distraído. As sacas de feijão. Pessoas remexendo, perguntando, comprando.

A balança, o dinheiro. E se por um instante ele apanhasse um único grão de feijão na mão, sem que ninguém visse, e corresse, corresse, corresse? Se fizesse isso: segurasse um único feijãozinho, pretinho, encolhidinho feito neném — como dizia a mãe — e fugisse, escapasse, conseguisse? O menino escolheu um grão. Olhou. Sentiu. É um feijão comum — convenceu-se — não é mágico! Ouviu música. Entrou no meio da multidão: pernas de gente grande, cestinhas de compras, cascas de laranja, abacaxi e melancia; cheiro de suor; vozes; confusão. E a música, a que o menino procurava, que, no centro da feira, dois violeiros cantavam: história de aventura, valentia e amor. Cavaleiro errante, sertão, princesa. O avô chegou berrando, sacudindo o menino, ameaçando dar uma surra nele no meio da feira, pra ele tomar vergonha, aprender a não ser malcriado. Quero ouvir a história! O velho berrava, sacudia, ameaçava; mas o menino não chorou: não tinha coragem de chorar na frente de todo mundo. Era um homem. Apressado, avô puxou neto pelo braço. Prosseguiu. Através da feira: duas mulheres brigavam por um peixe; um moço xingava um feirante por causa do preço; uma velha fumava e cuspia num cachorrinho sarnento. Adultos são todos malvados: só pensam em brigar uns com os outros, o dia inteiro; não é isso o que quero para mim; não quero brigar com ninguém. Pivetes corriam, perseguidos. Um deles foi capturado. Levou uma surra de uma mulher. Chorou, sem vergonha nem medo; escandalizado, esgoelado, exagerado. Quero ser pivete. Livre. Correr, correr, correr; pra onde eu quiser. Roubar feijão e não me sentir mal. Não obedecer. Não ser adulto. Ser malcriado. Um negro; a sombra do chapéu de palha escondendo o rosto; a vara no ombro, repleta de caranguejos vivos, pendurados em cada uma das pontas. Surpresa, espanto e susto: o menino se agarrou no avô. Caranguejo podre não dá, meu camarada! — e o catador abaixava o preço. Aflição, medo, pavor: pernas e pinças remexendo, sujas de lama preta, cheirando mal. Esses aí tão muito velhos; não servem, coitados! uma fortuna pra caranguejo podre, assim, não pago! não vale! Gritaria e gente correndo. O velho agarrou o menino e foi assistir à confusão: mataram um! Um moço; caído sobre os paralelepípedos; sangrando; outro moço limpando o sangue da faca; olhando satisfeito. Aqueles olhos. Aqueles olhos incomodavam demais. O matador deu de ombros e foi embora — o povo abriu caminho. O morto morreu devagar, gemendo baixinho, chamando a mãe — alguém cobriu ele com um jornal de embrulhar couve. A feira continuou. O morto, não. O que foi que aconteceu? Ele morreu, meu filho. Por quê? Foi se meter onde não devia — morreu! mereceu! Coração batendo forte, barriga apertada, cabeça cheia de perguntas: ele não vai se levantar? ele não vai pra casa dele? cadê a mãe dele? será que todo mundo merece? Pios de pássaros, então: a parte da feira que o menino mais gostava. Centenas de passarinhos coloridos, acotovelados, espremidos nas caixinhas, enjauladinhos; em exposição maravilhosa: coleirinho, curió, azulão; pássaro-preto; sabiá. Muitos outros que o avô ainda não tinha ensinado os nomes; muitos, tantos. A ração nunca estava podre: o velho não reclamava, nem pechinchava, nem insistia. A gaiola mais alta, um pássaro de máscara vermelha. Qual é aquele? Aquele é o pintassilgo-do-reino; gostou dele, foi? Os olhos vivos; o canto extenso, diferente — cheio de conteúdo. O passarinheiro avisou que era o mais caro, que o pintassilgo-da-terra e o canário-belga estavam na promoção e tanto quanto eram canoros de substância, estilo e expressão. O menino olhou os outros passarinhos, conformado.

Não são, não, contestou o avô. E pagou à vista: tome, menino, que é teu! O pequeno fez questão de carregar a gaiolinha por toda a avenida. Conversava com o novo amigo, o pintassilgo-do-reino, o da mascarinha vermelha. E o pássaro respondia, brilhante, incendiado, intenso. O barbeiro, que criava um coleirinho-papa-capim, viu; o padeiro, que tinha três canários-da-terra, viu; o jornaleiro, que cuidava dum trinca-ferro, viu. Avô e neto chegaram em casa. O velho subiu pra guardar as compras. A mãe estava sentada em seu banquinho, debaixo da goiabeira. O menino tirou o pássaro de dentro da gaiola — sentiu o coraçãozinho disparado em sua mão pequena — e foi ao jardim, mostrá-lo. A mulher pegou o filho e o sentou sobre suas pernas. Olha, mãe! meu avô me deu esse passarinho! Ela sorriu discretamente sob os olhos graves: ele te levou lá? te mostrou como é que é o mundo, meu filho? Foi; eu vi um moço morrer; ele chamou a mãe dele. O sorriso dissipou. A senhora também merece morrer? A mulher não respondeu de imediato. Respirou fundo. Então disse, tranquila: esse pássaro aí, que você tanto gosta; ele vai morrer um dia. Preocupado com o novo amigo, o menino abriu a mão pequena para vê-lo melhor — tormenta! flagelo! castigo implacável que recai sobre os desatentos! — e o pássaro, num piscar de olhos, voou. Voou pra longe, muito longe, muito longe, desaparecendo atrás das grandes mangueiras. O menino sentiu vontade de chorar. Vê, meu filho, disse a mãe; de hoje em diante o pássaro é teu; é só teu.

2ª 21-IV-2014 ±15h20
Araraquara/SP

FLORIDA

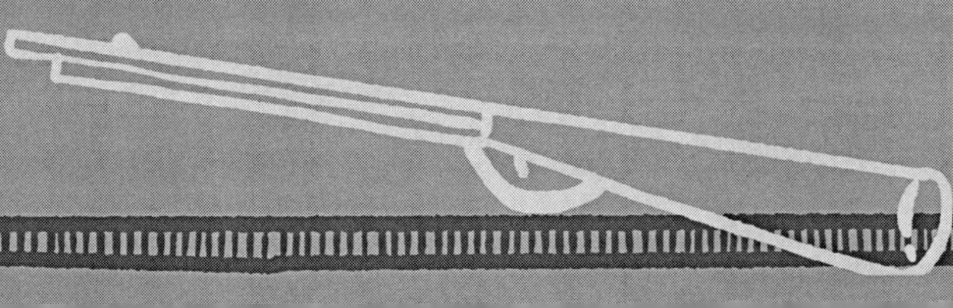

Junto ao cipreste cavo, pois é isto o que sei fazer, este serviço de homem, neste lugarejo esquecido, sem quem faça este serviço de homem. Eu ergueria a cabeça, dando um passo adiante: ela, torcendo os cabelos, se assusta e tenta cobrir a nudez; você é minha flor, eu digo lentamente; me aproximo; você é minha flor, repito; o jardim é morno com o sol da tarde; ela observa; você é minha flor, o tempo todo; toco sua nuca; sua cintura; ela deita as mãos sobre meu peito; fecha os olhos; beijo; ela amolece; a sustento, forte; você é minha flor, sussurro; várias vezes; de repente, agitada, ela me desabotoa a camisa, me desata o cinto, me desarma; tiro jaqueta, calça; botas; nos recostamos na ameixeira; tornada em flor, nos amamos por uma tarde da nossa vida. Somente.

O pessoal tirou um corpo de dentro do poço. Devem ter feito ele de ioiô antes de cortarem a corda e o infeliz morreu afogado, de ponta cabeça; cheio de queimaduras de cigarro; sem as unhas e com os dedos marretados. Inchado a ponto de não poder se distinguir o sexo. Homem, descobriram os curiosos: ao menos morreu inda homem, pois de sede é que não morreu. O vilarejo está sem água potável, disse o tenente; não quero ninguém aqui desidratado, porque isso é uma coisa horrível!

Bigode e eu trazíamos água duma fonte que não estava contaminada; mão no volante, subindo pela estradinha íngreme da encosta. Foi quando vi a bruxa velha, e, caminhando ao lado dela, a princesa. Como era bela e graciosa! Estiquei o pescoço pra alcançar ela; ajeitei o espelho da viatura; quase lancei meu jipe abismo abaixo numa curva. Prés'tenção, compad'e! gritou meu amigo; Essa piquena é noviça, noviça! entendo, tu! E naquela mesma hora eu fiquei encantado.

Os soldados distribuíam baldes d'água pras mulheres do povoado. Também chocolates, que elas mastigavam vorazes. Minha florzinha estava lá, junto a um murão de pedra. Quis dar um chocolate pra ela. Tirei o capacete, ajeitei o cabelo no retrovisor e larguei fora o cigarro. Saquei o chocolate de dentro do bolso da jaqueta. Fui lá. Ela balançava os ombros, mãozinhas às costas, girando o corpo magricela. Olhava pro chão, debaixo do chapeuzinho, depois pro céu nem nuvens. Estendi o chocolate e ela sorriu. Abriu as mãos, pronta pra receber o presente. Mas a velha me emboscou: agarrou meu chocolate, arrancou do papel e enfiou ele duma só vez na boca. Olhou pra mim de um jeito que tive certeza de que, bruxa, me odiava.

Parei diante da casa, nas alturas da montanha. A velha dormia numa cadeira no meio do pátio, com os bordados à mão. Tirei dois baldes d'água e fui até a soleira. A velha roncava. Contornei a casa; levei os baldes pros fundos; escutei o som de água escorrendo. Minha doçura estava lá, lavando os cabelos. 'Baixei a cara; pigarreei; antes mesmo de saber se estava vestida. Olhei pro chão. Ela não disse nada. Andei em sua direção. Queria ver ela. Desejava ver ela nua, lavando os cabelos no jardim entre as sombras da tarde, debaixo da ameixeira. Senti medo. Medo de ofender, de causar mal, de desmanchar ela. Pus ambos os baldes no chão e me afastei sem sequer lançar um olhar pra ela.

O tenente pôs primeiro o gramofone pra tocar, depois brindou à liberdade. Meus companheiros ergueram as canecas.

As mulheres olhavam, assanhadas. Os soldados tiraram elas pra dançar. E dançaram, noite adentro. Vi meu coração, que estava lá: linda como uma flor. Se a velha não estivesse ali, com aquele olho malvado dela... Ô, compad'e!, chamou o Bigode; Tu não vai tirá' essa piquena p'á tu, não? Acendi um cigarro lentamente. Pra ganhar tempo. Ela olhava pra mim. Eu devia ao menos ir lá me apresentar e perguntar o nome dela. Soldados e paisanas dançavam ao som do disco que o tenente trouxe de casa. Linda como uma flor, meu coração... Vai lá, fi'! insistiu o amigo; Quem num se arisca, num pitisca! Eu queria muito tomar a iniciativa. Mas; e se ela dissesse "não", do mesmo jeito que ela recusava meus colegas? Mas que vergonha eu ia sentir, velho! Eu não ia saber onde enfiar minha cara! Fumei, nervoso... Pensa bem, compad'e! disse o conselheiro; Tu não sabe se 'inda 'tá vivo 'manhã... É claro que ainda estou vivo amanhã, porra! Mas, ainda assim, não tirei os olhos da minha princesa. Bebi mais vinho.

Mas eu sou mesmo um filho da puta de merda! Porque existe uma coisa assim igual a uma flor, uma flor tão preciosa, que brota só uma única noite, pra jamais tornar a ser a preciosa única flor outra vez; jamais tornar a ser outra vez; jamais? O que deu em mim, porra? O que deu em mim? Povoado miserável, o que é que vim fazer aqui, neste lugarejo de merda? Cavar! Cavar, pois é só isto o que sei fazer: cavoucar a terra! Sentar enxada no campo, cavar trincheira, abrir cova! Este é meu serviço de homem!

O cortejo vem; enxugo as lágrimas frias de meu rosto. Que porra! Tremo mais ainda. O cortejo vem: acendo outro cigarro. Puta merda! É frio. O cortejo vem: meus companheiros trazem o caixãozinho de tábuas. Improvisado, sem tampa. Dentro dele está ela, envolta em flores brancas e amarelas de outono. Então admito: me arrependo. Aqui, só, debaixo dos céus. Tenho vontade de gritar, de enlouquecer; mas não posso. Fumo. Um gosto estranho na boca, uma coisa esquisita na barriga, uma tremedeira nas pernas, tudo ao mesmo tempo. Por quê? Olhos marejados, engulo o choro. Não na frente dos soldados, das mulheres, do tenente, da velha.

O tenente não disse nada, este puto. Os colegas desceram o caixão. Começaram a cobrir ele de terra. A terra cai sobre a mortalha de flores de meu coração, sobre o rosto delicado de minha princesa, sobre tudo o que eu poderia ter sido. Me sinto pesado; me sinto incapaz. Pequeno, mesquinho, idiota. E lá vem a bruxa velha. Ela me abraça. Me envolve no xale preto dela. Deito meu rosto em seu colo, ossudo e duro. E ela fala: "Ida sim é feliz. Agora ela será jovem para sempre."

Sb 18-V-13 ±12h45
Araraquara/SP

PAPEL-MOEDA

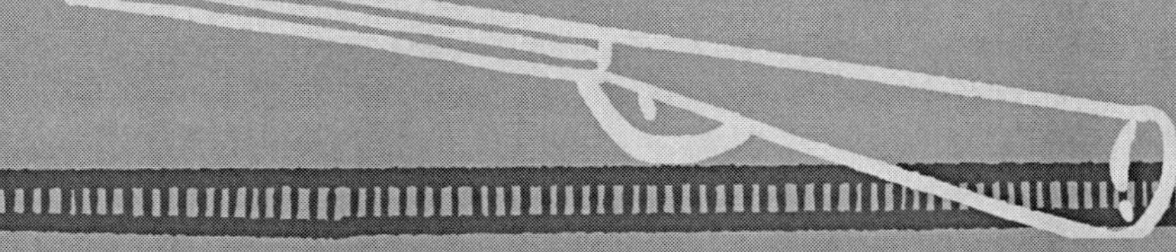

O comércio da Av. Brigadeiro, visto do banco da frente do *Dauphine*, não era a mesma coisa. Eu sabia que aquele dia ia ser bem diferente. Balançava os pés, olhando minhas sandálias de couro. Meu pai parou no mesmo posto Esso de sempre.

— Ô, japonês! Como é que vai essa força?

— Trouxe o *Teimoso* pra abastecer.

— E viva o *Leite Glória*, japonês!

— Põe aí: quinhentos cruzeiros!

O frentista chamava ele de "japonês". O carro velho do meu pai era "Teimoso" e "Leite Glória". Eu não participava daqueles códigos. Por que que ele me deixava da fora? Não sei. Sei que o pobre do frentista limpava os vidros, calibrava os pneus, punha água no radiador, recomendava trocar o óleo. Sujeito muito atencioso, sempre. Meu pai não tratava ele lá muito bem, não. Daí começou:

— Teu avô nunca foi muito de prosa comigo, não. Por isso é que eu quero levar esse papo de homem pra homem contigo, meu filho. Então escuta. E considere-se um felizardo, porque não é todo mundo que tem a oportunidade de tomar ciência das coisas, assim, de bandeja, não, tá entendendo?

Sim, senhor. Lá vinha bronca. Que foi que eu tinha aprontado? Não lembrava.

— Teu avô, meu filho. Vamos falar a verdade, né? Teu avô era um *cachaceiro!*

Eu sentia vontade de dar um soco na boca do meu pai toda vez que ele dizia aquilo! Meu avô, sim, foi quem me criou. Meu pai só trabalhava. Só vivia falando do Ramos Filho, que o Ramos Filho isso, que o Ramos Filho aquilo. Eu queria meter porrada naquele Ramos Filho, também, às vezes! Eu queria ser gente grande, pra olhar na cara dos outros e poder dizer umas verdades! Se eu fosse gente grande, metia porrada naquele molenga do Ramos Filho! Se eu fosse gente grande, eu dava um jeito! Meu avô achava ele um *malcriado* – que ele me disse, uma vez, e pediu pra eu não contar pra ninguém. Não contei foi pra ninguém. Já eu, eu achava o Ramos Filho um frouxo, mesmo: crianção de merda! Pilantra: tinha mais era é que ficar na cadeia!

— Meu pai, pra mim, só deixou foi dívida, meu filho. E eu tô lutando até hoje com a vida, que é pra tu herdar outra coisa.

Que outra coisa? E a bicicleta que o senhor me prometeu de aniversário? Não entendo. Dinheiro, o senhor nunca tem. Pra nada. Não entendo. Nem pra me levar na Quinta da Boa Vista. Nem pra consertar o ventilador escangalhado. Nem pra comprar um radinho de pilha pra eu escutar meu jogo. Eu não quero é nada! O que eu tinha, eu já perdi: e até parece que o senhor não sabe!

— Seo Ramos...

Lá vem Seo Ramos...

— Seo Ramos foi que me deu meu primeiro emprego. Ele podia ter contratado outra pessoa. Podia ter conseguido um sujeito de trato; mais velho; com prática. Mas deu o serviço foi é pra mim, meu filho. Eu tinha a tua idade.

Pensei que ele quisesse me pôr pra trabalhar: por um instantinho eu fiquei espantado.

— Ele era muito amigo do teu avô, o Seo Ramos. Ajudou a gente. Quando teve aquela enchente, lembra? Que tu chorou tanto? Seo Ramos ajudou a gente. Trouxe pão, trouxe leite, pra gente ter o que comer, meu filho.

Por que ele contratou o senhor? Por que ele não deu serviço pro inútil do Ramos Filho, aquele desocupado? Esse, sim, que é um cachaceiro. Desocupado. Às vezes vinha falar comigo. Só que eu nunca dei confiança pra malandro, não! Ele é um chato. Um chato-de-galocha, mesmo. Não sei por que meu pai respeita tanto a amizade desse chato insuportável! Diz que *precisa* ajudar ele; que um dia inda vou entender; que é coisa de *respeito*. Não entendo. Meu pai, se matando de trabalhar. E o Ramos Filho, só aproveitando. Ele não é bom de ganhar dinheiro, não. É bom é de *gastar* dinheiro, isso sim! Dinheiro que meu pai empresta. E alguma vez esse patife descarado se incomodou em fazer alguma coisa pra nossa família? Nada! Não presta nem pra dizer *muito obrigado*, esse abusado! E quando ele entra e faz de conta que eu sou invisível? Folgado de meia-tigela: nem bate no portão, como se a casa fosse dele! E eu, me esforçando pra ensinar o Portos a avançar pra cima dele! À toa. O boboca corre lá, balançando o rabinho, querendo cafuné. É mole?

— Seo Ramos, ele era muito amigo do teu avô. Era de casa. Não era meu patrão, não. Foi como se fosse um *pai*, pra mim: coisa que o teu avô, que tu gosta tanto, nunca foi. Tu já tá na hora de conhecer a verdade, meu filho!

Meu avô me deu a bandeira do Botafogo. Me levou pra ver partida no Maracanã. Mandou me chamar, antes de morrer, porque queria falar comigo. Deixou o Portos pra mim. Pra *mim!* Se eu soubesse que foi pra isso que o senhor me pôs no banco da frente dessa merda desse carro velho do senhor!

— Escuta, meu filho! Seo Ramos criou *sozinho* os irmãos adespois que o pai dele abandonou a família. O pai dele abandonou a família, meu filho: tu lá sabe o que é isso?

Sei. Quem é *você* pra me fazer uma pergunta dessa? Fiquei enjoado, de repente. Senti o cheiro dos meus pés. Quase que vomitei. Fiz de conta que tava tudo bem.

— Seo Ramos levantou casa pra cada um dos irmãos dele. Ficou rico no comércio. Teve frota de caminhão, meu filho. Construiu tudo sozinho. Com as próprias mãos que tinha. Ajudou muita gente nessa vida. Ajudou teu avô, quando teu avô precisou, meu filho.

Respirei fundo. Demorei. Me esforcei e acabei me recobrando. Porque aquele velho gostava mesmo era é de uma *puta,* isso sim! Velho sujo!

— Seo Ramos não queria que o filho dele passasse por tudo o que ele tinha passado, não. Queria era é garantir que o filho dele levasse a vida com dignidade.

E isso eu tenho certeza que ele não conseguiu, coitado do velho! Se soubesse o filho que teve!

— Aí chegou a hora do Ramos Filho decidir o que que ele queria da vida. Seo Ramos perguntou: tu quer estudar, meu filho? quer ir pro estrangeiro? eu pago; tu pega um diploma e tu seja um doutor; engenharia, filosofia, medicina; belas artes; pode ir pra Europa, se tu quiser, meu filho; o que precisar, eu providencio! E aí o Ramos Filho perguntou: tu tem dinheiro pra me dar, é? o que eu quiser, tu paga? então eu quero é que tu pague os carros que eu capotar, isso sim! Foi aí que o Ramos Filho decidiu.

Considerei que não dava pra fazer de conta. Percebi que não conseguia me esforçar. Era como se eu não precisasse. Então eu disse:

— Que otário!

— Mas foi adespois que o Seo Ramos morreu, meu filho, que o Ramos Filho ficou meio atrapalhado.

Era como se eu não estivesse mentindo. Meu coração e eu, a gente era uma coisa só. Usando sandálias de couro no banco da frente do *Dauphine* velho do meu pai no posto Esso da Av. Brigadeiro. Me esforcei. Me recobrei. O senhor não entende, pai, que esse malandro só tá querendo é se aproveitar da gente? Só tá querendo é se dar bem? Só tá querendo é sombra e água fresca? Por mim, deixa ele lá. Deixa ele lá, vendo o sol nascer quadrado pro resto da vida! Quando meu avô morreu, o senhor ficou atrapalhado, por acaso? Nem ligou, tá legal? Nem viu o quanto que eu chorei – e lembra da enchente; sempre a enchente; sempre a enchente: eu era *criança,* pô! O senhor nem se incomodou. Fechou a sepultura e foi lá pro botequim, beber com o *camaradinha*. Aquele imprestável. Depois fica aí dizendo que meu avô é cachaceiro. Cachaceiro é o senhor, pô!

— Meu filho. Escuta. Um dia. Um dia o teu pai pegou uma nota. Uma nota de *cem cruzeiros*. Peguei e rasguei. Rasguei na frente *dele*. Eu disse assim. Eu. Eu disse: olha. Olha, pai. É só papel.

Ele nunca tinha me deixado andar no banco da frente.

— Meu pai ficou olhando. Ele ficou olhando. Não falou nada; nadinha, nadinha. Só ficou olhando, sério. Sem raiva, sem espanto: sério.

Eu não sabia.

— Nunca mais que eu me esqueci daquele olhar, o do meu pai.

Eu não sabia.

— O meninão tá grande, hein, japonês!

Nunca vi o meu pai com aquela cara.

— Eu tenho, aqui no peito, o maior orgulho de tu, rapá! Meninão esperto – esperto e forte! Tem saúde: é bicho-homem, mesmo, pra honrar o nome, não é não, ô, japonês? É. Glória a *Deus*, Aleluia!

Meu pai nunca tratou lá muito bem aquele frentista, não. Só que esse, sim, que era camarada.

— Pega quinhentos cruzeiros aí da sacola, meu filho!

Abri a sacola de pão. Tinha mais de seis milhões de cruzeiros lá dentro. Aquela nota de mil, do carequinha. A verde, da dona tristonha. Umas novas; cinquenta mil, com o castelinho; cem mil, Brasília. Sempre me faz lembrar do meu avô. Ele me dava cem cruzeiros pra tomar caldo de cana na feira. Dizia que era o dinheiro do pacificador – que tinha duas espadas atrás, mas que elas não tavam cruzadas, em sinal de guerra, mas sim uma do ladinho da outra, em sinal de paz. De paz e de concórdia, como ele dizia.

Aí o frentista perguntou onde a gente tava indo.

Meu pai contou mentira pra ele e acelerou.

Cantou pneu.

Depois me disse:

— Dinheiro não se rasga, não, meu filho!

5ª 15-X-2015 ±00h55
São José do Rio Preto/SP

PEDRA DE AMOLAR

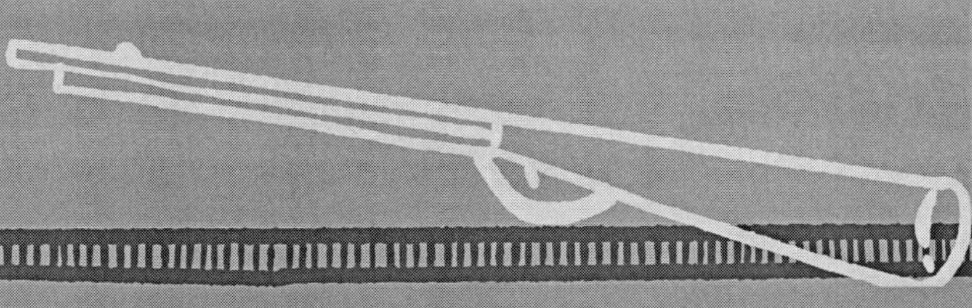

Mi menor, lá menor, mi menor, e o velho terminou o samba:

— Muito bom, meu filho! Tu canta muito bem!

— Brigado!

— Só precisa é afiar esse pandeiro, aí, que não tá legal… não tá legal…

— Eu afino, seo Reis. Eu afino.

O velho acendeu um cigarro. Bebeu a cerveja quente. Falou:

— Lá na cadeia, a rapaziada me chamava é de João Hermes.

— É "João Hermes", então!

O velho desabotoou as mangas; arregaçou por sobre os antebraços; olhou o jovem por detrás dos grandes óculos escuros. O rapaz tentou decifrar todas aquelas tatuagens. Elas deviam significar alguma coisa. O velho disse:

— Mandei fazer um crucifixo nas minhas costas, que é pra polícia ter piedade. Tu não vai tomar esse chopinho, aí, não?

— Não. Obrigado, seo João Hermes.

— Alá! Lá vem a flor do meu destino. E tu pode me chamar de "João Reis", que eu não ligo, não, morou?

O velho cobriu os braços outra vez, depressa. A mulher veio devagar. Evitou olhar pro rapaz. Recolheu os pratos. Jogou um restinho pro cachorro. O velho perguntou:

— O peixe tava bom?

— Tava, sim. Tava uma delícia!

A mulher levou a louça. Deixou os dois à vontade no quintal.

— Isso é que é mulher de verdade! Êta, mulata! Mulherão desse, tem que merecer, meu filho! Tu pensa que a mulher, na idade que ela tem, consegue sustentar um corpão assim? A formosura? Tá maluco! Essa aí é a senhora dos meus sonhos!

O rapaz não disse nada. O velho esvaziou o copo de cerveja:

— E a dona patroa? O que é que a mamãezinha pensa disso tudo? Ela sabe, por um acaso, dessas companhias que o filhinho anda buscando? Vá tu lá ferir os sentimentos dela, não, rapá!

— Do que ela sente, não há o que se fazer. Ela é ela. Sempre será. O que me importa é o que *eu* sinto. E é isso o que eu vim aqui buscar.

O velho olhou esquisito. Depois continuou:

— É. Eu também já andei assim, apaixonado, que nem tu. Quem prova dessa porra dessa fruta uma vez, meu filho... sei não...

— O senhor gosta da Marinalva, seo Reis?

— Gostar? Eu *amo* essa cachorra dos infernos, meu filho!

— Por que o senhor não se declara, então, pra ela, seo Reis?

— Ih, e eu já não tentei? Essa mulher é mulher difícil, meu filho. Mulher difícil. E tu? Lá na tua escola não tem umas garotas grã-finas, assim, da tua laia, pra tu namorar, não?

— Tem e é o que mais tem, seo Reis!

— Porque se tu tá pensando que vai conduzir a Perlinha um dia ao pé do altar na Candelária, tu pode esquecer, morou? Primeiro, que de católica apostólica romana essa família não tem nada...

— Eu sei, seo Reis...

— ...e o que que a dona patroa vai dizer? Vai deixar o filhote andar assim com os crentes?

— Deixa comigo, seo Reis, que eu me viro. Com minha mãe, deixa que eu converso. Gradeço a preocupação. Gradeço muito.

— Aqui, todo mundo é trabalhador, morou? Tu vem de outra doutrina. Tu estuda lá, Filosofia, que é prum dia ser doutor...

— É Direito. Eu estudo Direito.

— Direito, Filosofia, é tudo a mesma coisa, é ou não é? Tu sabe muito bem que é, meu filho. Tá difícil pra todo mundo. Hoje em dia a vida não vale nada...

— Claro que vale, seo Reis! Não me fale um absurdo desses! Os tempos mudaram...

O rapaz sentiu-se mal com o próprio comentário. O velho tirou os óculos. Mostrou a vista caída pela primeira vez. Seus olhos cansados:

— Tu conhece o meu passado, não conhece?

— Conheço...

— Conhece uma ova, que tu não sabe, ô, mauricinho, tu não sabe onde eu andei!

— O senhor me desculpa...

— Desculpo. Desculpo. Se tem uma coisa que eu ganhei nessa minha vida, foi o perdão e misericórdia. Seria o maior descaramento da minha parte se eu não soubesse devolver o que a vida me deu, é ou não é? Agora: eu preciso te avisar onde é que tu tá te metendo, morou? Meu passado, não interessa. Não é da conta de ninguém. Mas o que essa mulher aí viveu, que tu não sabe, eu me sinto, na moral, na obrigação de te contar, meu filho, que é pro teu próprio bem. Que é pra tu entender que hoje em dia essa vida não tá valendo é nada!

— É porque a Marinalva é empregada lá em casa, é isso? Eu não ligo, não, seo Reis...

— Isso aí é o de menos, morou? Se tu quer mesmo chamar a criada da tua mãe de sogra, tu tem que saber que sogra que tu quer levar pra tua vida. Quem avisa, amigo é!

— Eu sei, seo Reis...

— Ih, sabe nada! Sabe nada. Agora deixa esse pandeirinho aí de lado e escuta só a história que esse velho aqui vai te contar.

O rapaz respirou fundo. Se acalmou:

— Então conta, seo Reis. Conta, que eu vou ouvir.

— Pois bem. A Marinalva sempre foi esse mulherão todo, aí, que todo mundo conhece.

— Foi?

— Foi. Sempre foi. Só que ela, naquele tempo, resolveu achar um marido honesto e trabalhador pra ser o pai da tua Perlinha, morou?

— Entendo. Foi quando o senhor foi preso...

— Isso não é da conta de ninguém!

— Tá bom. E aí? Aconteceu o quê? — o rapaz perdia o medo.

— Aconteceu que o infeliz bebia. Cachaceiro inveterado. Chegava em casa botando pra quebrar...

— Sei...

— Só que então ele ficou desempregado...

— Igual o senhor?

— Ih, meu filho! Tu me respeita, malandro! Quer ouvir a história ou não quer?

— Quero.

— Então escuta essa...

— O pai da Perla perdeu o emprego?

— Quem foi que falou que aquele safado era o pai da Perla? Essa versão, aí, tu tirou de onde, rapá?

— Deduzi.

— É isso aí, xerloque. Vai deduzindo, então, que tu vai ver o que é bom pra tosse!

O rapaz ficou desconfortável:

— Então conta, seo Reis. Pode contar!

— Pois bem. O maridão, aquele sem-vergonha, ficou desocupado. Folgadão, dentro de casa. E o que foi que ele fez?

— ...procurou outro serviço?

— Nada! Ele aumentou foi a dívida dele, que tava pendurada lá no bar do Sebastião. Foi isso o que ele fez, o filho da puta. E Perlinha, tadinha, precisando de comer o mingauzinho dela. Marinalva, coitada, passando necessidade...

— Imagino...

— Tu não imagina porra nenhuma, morou? Lá donde tu vem não tem miséria! O filho da puta tomava um negocinho, depois caía de pau na pobre da mulher; com a menina chorando no chão da sala! Tu não sabe o que é isso, não, malandro!

— O senhor tem toda razão. Eu não sei mesmo o que é isso, não. O senhor me desculpa...

— Desculpo, desculpo. Se tem uma coisa que eu aprendi nessa minha vida, foi desculpar. Será que não tem mais uma brahminha aí, não?

— Acho que não.

O velho acendeu outro cigarro:

— Pois bem. Daí o infeliz vinha, malucão, e arrebentava a casa toda.

— Era essa mesma casa, aqui?

— Era.

— E aí? A Marinalva chamou a polícia?

— É claro que não, né?

— O que foi que a Marinalva fez?

— Resolveu o problema. Êta, mulata boa de resolver problema! Foi lá e arranjou serviço. Deixou a Perlinha com a Mariade Lurdes, aqui do lado, e foi ralar. Foi trabalhar na casa da tua mãe.

— Foi nessa época?

— Foi. Só que o homem não gostou dessa conversa de trabalhar pra fora, não. Quero dizer: no começo ele pode até ter desfrutado bem as regalias. Marinalva pagou tudo o que ele devia. Colocou comida na mesa. Comprou um montão de roupa nova até pra ele, sá' com'é, né?

— E aí? Ele melhorou? Parou de beber? Tomou jeito na vida?

— Deram que foi um jeito nele, meu filho. Parar de beber, o safado parou. Foi dessa pra melhor.

— Que Deus o tenha, seo Reis. Que história triste...

— Que negócio é esse, rapá? Eu nem contei a história ainda!

— Mas falta o quê?

— Falta o *corpo-delito*, isso é o que falta. Ele não queria deixar Marinalva trabalhar, não. O ciúme bateu forte.

— Não queria? Mas é desde que me entendo por gente que a Marinalva é a empregada lá de casa...

— É, mas isso não quer dizer que ela não teve que pegar em armas pra lutar por esse direito, não, meu filho.

— O que foi que aconteceu, seo Reis?

— Aconteceu que o homem um dia se cansou de espancar a pobre da mulher por causa do ciúme e arranjou uma faca, dessas aí, das de açougueiro, de cabo branco. Aí ele começou a ameaçar ela de morte, isso foi o que aconteceu.

— Daí ela chamou a polícia?

— Tô falando, rapá, que naquele tempo a vida ainda valia alguma coisa! A minha Marinalvazinha, meu amor, meu coração, um dia chegou tarde e o patife tava lá esperando ela. Amolando o facão. Olhando feio.

— Foi o senhor que matou ele e foi por isso que cumpriu pena?

— Quem me dera eu ter matado aquele covarde duma figa, meu filho! Meu negócio foi que eu trabalhei na companhia do chifrudo, mesmo.

— Que companhia é essa?

— "Gado nelore", manja?

— Chifrudo? Gado nelore?

— Eu fui em cana foi por tráfico de entorpecente. *Tóchico*, mesmo. Mas já paguei o que eu devia à sociedade civilizada, morou? Com juros e correção monetária!

— Que bom, seo Reis. Fico contente pelo senhor. Mas o que foi que aconteceu com o pai da Perla; quer dizer, com o marido da Marinalva?

— O erro dele foi deitar a faca na mesa.

— Por quê?

— Porque a Marinalva, minha flor, agarrou o facão na mão!

— E aí?

— Aí que começou o duelo da mulher contra o homem. Se atarracaram que nem bicho. A briga foi feia. Marinalva, uma furiosa, e aquele marido dela, um armário de quatro portas! Só podiam era quebrar a casa inteira, é ou não é? Só que ela, a minha cheirosa, ela não ia se indignar nunca mais de passar aperto nessa vida, mais, não! A vida só tem essa, morou?

O velho apagou o cigarro no cinzeiro. Dedilhou um dó maior no violão.

— E aí, seo Reis? A história acaba assim?

— Acaba, nada! Marinalva apanhou demais naquela noite. Mais do que um ser humano tem condições de apanhar, meu filho. Aquele sem-vergonha arrebentou com ela, tadinha. Malhou; e ralou. Ele berrava igual um boi, aquele covarde. Tanto, que ele chega ficou rouco. Deu com uma panela na cabeça dela, malandro. Isso não se faz!

— Isso não se faz.

— E tu sabe o que ela fez depois?

— O que ela fez depois?

— Levantou. Calminha, calminha. Parecia até uma madame, de tão fina e cheia de classe. A boca, cheia de sangue. O corpo, cheio de roxo. Ajeitou o vestido e olhou bem pra cara dele. Dizem por aí que a danada tava tão cheia de si, que aquele filho da puta do marido dela começou a chorar.

— E aí?

— Aí ela pegou o facão e abriu-lhe um talho na goela, num golpe só, de fora a fora. A mulher é forte.

— Ela matou o próprio marido?

— Matou, sim. Matou bem.

— Mas foi em legítima defesa...

— É claro que foi legítima defesa, meu filho!

— E aí?

— Aí que o infeliz caiu no chão e começou a se debater: pra lá e pra cá, pra lá e pra cá. Guinchava igual um porco. E ele era um porco, mesmo; é ou não é? Estrebuchou no chão do quarto. Espirrou sangue na casa toda. Nessa casinha aí, mesmo: essa aí, que tu tá vendo.

— Eu não imaginava...

— Eu sei! Eu *sei* que tu não imaginava!

— Mas e aí? A Marinalva não foi acusada por homicídio? Não foi presa? Não foi a juízo?

— A polícia veio, sim. A Mariade Lurdes correu no bar do Sebastião e pediu pra usar o telefone. Veio a polícia.

— Então foi a vizinha que entregou a Marinalva?

— Olha, meu filho: a gente que não compartilha dessas coisas de mulher, não sabe é nada, mesmo, não. A Mariade Lurdes disse que chamou a polícia foi porque escutou a quebradeira da casa caindo. Nesse departamento, só quem sabe é Deus.

— Só quem sabe é Deus... mas e aí? A polícia chegou: e aí?

— A polícia veio e a Marinalvazinha, estrela de virtude e graça, contou toda a verdade: tintim por tintim. Fala pra mim, se isso não é mulher! Fala, meu filho!

O rapaz não sabia o que pensar. Fez cafuné no cachorro aos seus pés:

— Aí a polícia fez o quê?

— A polícia escutou. Olhou. Carregou o presunto pra dentro do camburão. E rapou fora.

— Eles foram embora, assim?

— Foram. Disseram que tava tudo bem. Devem ter despachado o defunto lá na pedreira, pros urubus.

— "Tava tudo bem"?

— É, meu filho; tava tudo bem, morou? A polícia averiguou os fatos. Não teve nem a necessidade de registrar a ocorrência. Marinalva, minha flor, ela agiu foi em legítima defesa, que até tu entendeu, é ou não é? Tava tudo bem.

— Mas eu não entendi, seo Reis.

— Tu não entendeu, meu filho, é porque tu nasceu numa época em que a vida não vale é mais nada!

— *Como assim*, seo Reis? É *claro e evidente* que hoje em dia a vida vale...

— Escuta aqui, rapá! A Marinalva tinha a Perlinha pra cuidar! E tem outra coisa: o problema era da esfera familiar e a polícia não tinha nada a ver com isso! Naquele tempo de antigamente a polícia ainda se dava o respeito de ter autoridade; de ajudar o cidadão; de resolver os problemas da gente! Não era que nem é hoje em dia, que é só burocracia, prestar depoimento, aguardar juiz, o escambau! Bandidagem tá na rua, meu filho. Trabalhando mais ligeiro do que as autoridades. Tu, que estuda Filosofia; tu precisa saber de tudo essas coisas!

— Ô, se preciso! — o rapaz continuou a acariciar o cachorro. Ouviu-se o portão de ferro abrindo.

— Alá! A tua Perlinha chegou do serviço. É pena que, depois dessa história toda que eu te contei, e agora que tu sabe onde é que tu tá te metendo, tu não vai mais querer pedir ela em namoro...

O rapaz levantou-se; também o cachorro, que abanou o rabo.

— ...e hoje em dia nem precisa pedir mais em namoro, não! Com essa quantidade de cocotinha dando mole por aí... Vai lá se despedir, meu filho. Desiste dessa maluquice. Tu não é desse mundo aqui, mesmo, não. Tenha juízo...

O rapaz olhou pro velho.

— Eu sei que tu é um bom moço...

— Eu vou lá falar com a Marinalva...

— Isso!

— ...vou lá pedir a mão da filha dela em namoro.

— Não!

— Vou sim, seo Reis. É pra isso que eu vim aqui.

— Mesmo depois de tudo o que a gente conversou, xará? Tá maluco?

— Não, seo Reis. Se tem uma coisa que eu aprendi nessa vida, foi ter gratidão. Obrigado, seo Reis!

O moço saiu em direção da casa.

— Isso não vai dar certo, não, meu filho! Deixa a Perlinha terminar de chegar... espera ela tomar o banhozinho dela... venha cá, tomar uma cerveja, venha!

Marinalva recebeu a filha na cozinha. Perla pôs a bolsa sobre a mesa, contente em ver o namorado. O rapaz pediu licença para ter uma conversa. Marinalva não olhava em seu rosto. Ele pediu permissão para namorar com Perla. Marinalva respondeu logo: com a condição de que ele participasse com elas do culto, estava permitido. O rapaz aceitou. Marinalva abençoou os dois, que abraçaram-se, felizes. O velho entrou, os óculos escuros outra vez encobrindo os olhos, e disse:

— Meus parabéns para o casal! Desejo só alegria! Mas, olha lá, hein, rapá! Se tu aprontar com a minha Perlinha, aqui, tu vai se ver comigo, morou?

Marinalva olhou feio pro velho, que baixou os olhos, pediu licença, pôs o chapéu na cabeça e foi embora.

5ª 16-IV-2015 ±17h40

Araraquara/SP

SORRISO

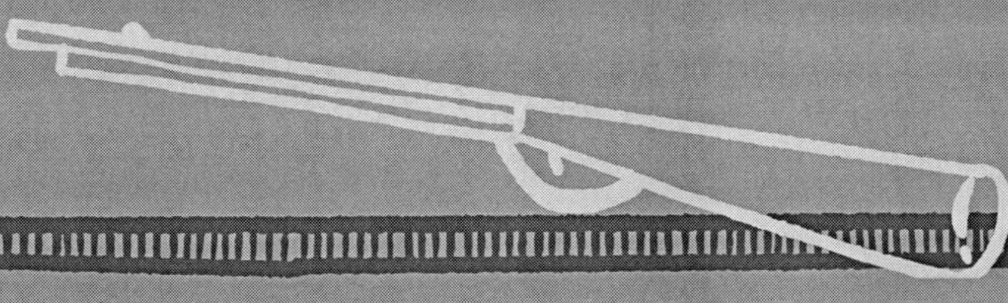

O amigo encheu os copos de cerveja: — Chega mais, seu mentiroso da porra! Faz o quê? Quinze anos?

— Quinze anos.

— Pode beber à vontade, que é por conta da casa! Só não vai esvaziar meu barril!

O homem bebeu: — Cadê aquele pote cheio de ovo?

— Que pote de ovo?

— Aquele, que tinha no balcão. Cadê?

— Ah, aquilo lá o maluco coçava o cu, aí metia o dedo emporcalhado dentro do pote pra pegar o ovo. Aí, já viu, né? Vinha a Vigilância Sanitária e me tascava multa.

— Tu já explicou pra eles que aquele é que era o ingrediente especial pra dar aquele gostinho saboroso, compadre?

— Tu é foda! — o amigo riu.

O homem bebeu: — Porra, compadre! Se o teu velho baixasse aqui, ele não ia reconhecer porra nenhuma! Eu mesmo, se não tivesse visto aquele botequim esculhambado com os meus próprios olhos, nem sentido aquele cheirão de mijo que tinha aqui nessa porra antigamente, não acreditava, não, malandro!

— Os tempos mudaram, compadre! Eu trouxe o progresso aqui pra vizinhança!

— Tô vendo: "estou admirado"! O que que é aqueles dois negões na porta?

— Segurança, rapá! A parada aqui é fina!

— Fina mesmo. Olha só, que tem até cardápio! E aquela nossa mesa de totó? E o fliperama?

— Que porra de totó e de fliperama, o quê! Tô falando que a parada agora é fina? É "chiquetê"!

— Tu tá é de parabéns, meu amigo! Tu que é um empresário de sucesso! — o amigo sorriu; brindaram; o homem bebeu: — E aquela roda de samba? Que porra que é essa desse mané aí, de colete e gravatinha, cantando inglês?

— Tô falando, rapá, que os tempos mudaram! Mas tu deu pra vir aqui, depois de tanto tempo, foi pra botar defeito no meu estabelecimento, caralho? Que porra é essa, rapá? Vamos falar do futuro, do progresso, porque aquele boteco velho do meu pai não cabia mais nem no museu! — o amigo encheu os copos de cerveja — Os dois tão mortos e enterrados, compadre!

O homem bebeu: — Tem neguinho que vem aqui beber pra esquecer. Eu bebo é pra lembrar.

A funcionária trocou a garrafa vazia por outra cheia. Abriu. Serviu. O amigo brindou outra vez.

O homem bebeu: — Garçonete de uniformezinho...

— É pra construir a identidade visual do estabelecimento...

— Tá falando difícil, compadre? Tá querendo me impressionar, é?

Riram. Beberam. O homem olhava a funcionária. O amigo encheu os copos: — Essa aí, ela é bonitinha, mas ordinária...

— "Bonitinha"? Essa morena é um espetáculo! Esse corpo, não existe! Só pode ser miragem! Ficou melhor do que esse teu bar, com o tempo que passou!

— Não é pro teu bico. Ela é burrinha, tadinha. O apelido que eu dou pra ela é "tontinha".

— Conheço ela!

— Conhece, é o caralho!

— Conheço, sim!

— Que "conhece", o que, maluco? Tu ficou fora quinze anos, vai conhecer a tontinha aí como? Tu é mentiroso pra caralho, mesmo! Conhece ela daonde?

— De quando a gente era moleque.

— Quando a gente era moleque, ela ainda nem tinha nascido, porra! Faz as contas aí pra tu ver, compadre!

— Ela tinha nascido, sim. Devia ter uns quatro ou cinco anos. — o amigo encheu os copos de cerveja e o homem bebeu — Tu não lembra da Vila Cegonha?

— Vila, o quê?

— Vila Cegonha. Minhas tias chamavam assim porque naquele beco a mulherada era fértil: vivia pondo criança no mundo.

— Aquela porra daquele cortiço nojento, cheio de pirralho?

— É. Tá vendo? Tu também lembra!

— Lembro, sim. Era do lado da tua casa. E daí?

— Daí que teve um dia que essa tua garçonete aí saiu do banho, enroladinha na toalha, e foi pra calçada.

— Ela? Na calçada? Enrolada na toalha?

— Era criança, porra! Já falei!

— O que é que ela foi arrumar enrolada na toalha no meio da calçada, caralho?

— E eu sei lá! Foi ver a rua, ver a gente soltando pipa. Coisa de criança, porra!

— Tá. E daí?

— Daí que tinha uns moleques da rua de cima que vieram fazer não sei o que na nossa rua.

— E daí, porra?

O homem bebeu: — Daí que um deles, o Wesley...

— O Wesley? Que Wesley? O Wesley que morreu?

— O próprio.

— Que que tem o Wesley?

— O Wesley, ele pegou, foi lá e meteu o dedo no xibiuzinho dela. Meteu, que até saiu sangue. Depois cheirou e ficou rindo, mostrando pros camaradas da rua dele, que tavam com ele.

O amigo bebeu: — E daí? E daí, porra?

— Daí que eu larguei minha pipa solta. Pulei a caixa-d'água. Desci na calçada. E apliquei-lhe um socão no meio da boca. Foi com tanta vontade, que escutei os dentes dele quebrar, tudo. Ele catou um dente do chão e ficou olhando, chorando.

— Tu é um mentiroso da porra, seu safado! E os camaradas do Wesley, não te encheram de porrada, não, mané?

— Eles vieram pra cima de mim, sim. Cheguei a levar umas pernadas, umas pauladas. Só que aí eu berrei, do fundo do peito: "cês são tudo uns covardes, seus filha da puta!"

— Tu é valente, então? Ai, "valentão"!

— Valente foi o pai dela...

— Não me diga que foi o pai dela que matou o Wesley? Eu gostava do Wesley!

— Foi. Foi o pai dela, sim.

— Como foi que ele matou o Wesley, compadre? Conta pra mim, conta!

— Não sei. Só sei de duas coisas...

— Qual a primeira?

— Primeiro é que encontraram o Wesley lá na pedreira, todo comido de urubu. Diz-se que o legista, quando foi examinar o corpo, tirou uma ratazana viva de dentro dele...

— Ratazana viva?

— ...do tamanho dum gato; dum gato grande...

— Sei. Acredito muito. Quer dizer então que, além de tudo, o pobre do Wesley ainda tinha engolido uma ratazana?

— É claro que não, né, porra? Ela tava era roendo o Wesley por dentro, isso sim!

— Sei. Acredito muito. E qual é que é a segunda coisa?

O homem bebeu: — Segundo é que o pai da menina se entregou pra polícia. Confessou homicídio. Foi pra cadeia.

— Tá. Virou mulherzinha. E daí?

— Daí que teve uma rebelião e ele só não foi pro cerol por que a bandidagem respeitava muito ele. Era justiçador.

— Caralho, malandro! Só tu mesmo pra sentar no meu estabelecimento e me fazer escutar essa conversa mole!

— É quinze anos de amizade, compadre!

— Tu é o maior mentiroso, sabia? Sempre foi. Vamos beber! Cadê a minha tontinha, do xibiuzinho arrombado?

— Porra, maluco! Primeiro, que não tô te contando mentira nenhuma, não! Segundo, que não te contei essa história pra tu falar assim da tua garçonete, não...

— Mas eu falo! Falo, sim! Falo, porque a garçonete é minha, porque o bar é meu e porque eu falo o que eu quiser!

— Então, já que é assim: o que que eu posso fazer, né não?

— Vamos beber, malandro! Deixa de preocupação! Cadê a minha... garçonete? — um freguês gesticulava; a funcionária estava atrapalhada com a maquininha de cartão; o amigo levantou-se e foi lá ver — O que é que tá acontecendo aqui? — o comprovante do pagamento, o vento levou, e a funcionária não conseguia emitir uma segunda via — Como é que tu foi me perder esse comprovante? — para o freguês não tinha problema — Mas tem problema pra mim. Pra mim, tem problema. — o amigo insistia — Vou descontar do teu salário, que é pra tu aprender a não ser tão tonta! — para o freguês não tinha problema; ele pediu ao dono do bar que não descontasse do salário da funcionária — Tu precisa aprender a trabalhar direito, largar mão de ser tonta! — era só imprimir uma segunda via — Não dá pra imprimir uma segunda via, minha filha, cê não tá vendo, não? — é só imprimir uma segunda via, repetia o freguês — Não dá! Nessa maquininha, não dá! — o freguês foi embora.

O homem levantou-se. Aproximou-se: — Qualé? Tá querendo economizar no papelzinho? Imprime aí uma segunda via, compadre!

— Tô falando, que dessa porra não sai segunda via! Mas fica tranquilo: a nossa amiga "espertona", aqui, ela vai pagar a conta. Cê não vai pagar a conta, minha filha?

A funcionária. Olhos vermelhos. Bandeja contra o peito. Pernas bambas.

— Vamos deixar de brincadeira, rapá! Imprime logo aí a segunda via dessa porra!

— Tô falando, caralho! Quem vai me pagar é essa arrombada, aqui!

— Peraí! Pega leve, que não é pra tudo isso, não!

— Não é pra tudo isso? Tu não sabe o quanto que eu tive que ralar nessa porra quando o meu pai morreu, maluco! E tu? Que é que tu tem a ver com isso? Tu foi embora, porra! Caiu no mundo: se escafedeu! Agora tu acha que tá no direito de entrar no meu estabelecimento pra vir botar defeito, porra? E tem mais: tu não quer ver que tu é mesmo um mentiroso? Fala aí, "garçonete": tu é burra pra caralho, é porque tu não teve pai, né não? — a funcionária teve pai — Teve, mas não conheceu, foi porque ele matou o Wesley e foi parar no xilindró, né não? — a funcionária negou tudo — Então, tu é burra, é porque tu nasceu na Vila Cegonha, do lado da casa desse meu camaradinha, aqui, é ou não é? — a funcionária nasceu em São Paulo — Tá vendo como tu é um mentiroso da porra?

O homem viu com os próprios olhos. Era ela, a funcionária, a menina em sua lembrança. Ninguém mais, ninguém menos: — Te acalma, meu amigo...

— Agora tu vem me chamar de "amigo"? Depois de me esculachar no meio do salão?

— Tu é que tá esculachando a garçonete, sem necessidade.

— Que "grande amigo" que tu é! Fala a verdade: tu gosta é dela, né? Onde é que tu tava quando mais eu precisava, caralho?

O homem respirou fundo: — Tu nunca saía de dentro de casa. A rua inteira pensava...

— Pensava o que, porra? Pensava o quê?

— Fui teu único amigo, e tu sabe muito bem disso! Agora vamos parar...

— "Vamos parar" é o caralho, seu filho da puta! E tu, sua arrombada: tu vai é pro olho da rua! Pega já as tuas coisas e rapa fora! Chispa daqui, vira-lata!

A funcionária. Cabeça baixa. Soluços. Lágrimas.

O homem cerrou os punhos: — Se tu não parar de tratar ela desse jeito...

— Tu vai fazer o que, seu viadinho de merda? Eu falo o que eu quiser, tu tá entendendo? Essa porra aqui é tudo meu, caralho! E essa arrombada também é minha, não é tua, não...

O homem aplicou um soco na boca do amigo, que caiu, derrubando mesas e cadeiras.

A funcionária. Os olhos com os do homem. Sorriso alegre e breve. Mão ligeira tapando a boca.

O amigo levantou-se. Chamou os seguranças, que arrastaram o homem até a calçada e o espancaram sobre os paralelepípedos. Os fregueses retomaram os seus assentos.

Sb 4-X-2014 ±23h05
Araraquara/SP

CAMAIORE

Os companheiros correram casa adentro pra abrigarem-se do bombardeio. Um cachorro latia sem parar; uma moça gritava, rouca, e o Teixeira acendeu um cigarro. A dona da casa, uma velha, agitada e nervosa, assustou-se com os soldados, ao que o Mus explicou-lhe que estavam lá pra tirar os alemães da montanha. O Mateuzinho chorava aos soluços e a velha desculpou-se por não ter ao menos um café pra oferecer. O Miro tremia o fuzil em suas mãos. Tentava não cair no choro também, então pediu um cigarro ao Teixeira e percebeu que a moça não gritava mais, apenas o vira-lata enfrentava, valente, as granadas caindo sobre Camaiore. É minha neta – explicou a velha – afortunada por não ver toda essa miséria. O Regina abraçava a moça e a ninava, balançando pra frente e pra trás. Miro reparou em seus grandes olhos leitosos, sua pele muito clara e seus cabelos brancos, de tão loiros, e esgrenhados.

O tenente mandou Miro e Teixeira buscarem o Regina outra vez quando o bombardeio recomeçou depois do almoço. Os dois cruzaram a praça correndo como loucos, evitando os buracos e rezando pra não serem atingidos pelos estilhaços; seguravam o capacete com uma mão e o peso do fuzil com a outra. Entraram no casarão ouvindo a melodia monótona, repetitiva, mas forte, que o Regina compôs. Agarraram-no pelos braços e arrastaram-no pra fora do salão de música. Dessa vez vê se obedece – gritou o Teixeira, ao que o Regina respondeu que aquilo não podia garantir: largou-se, deixando o corpo pesado. O Miro berrou: — Pare de se comportar como piá! — e o Regina perguntou se ele ia soltá-lo. Teixeira e Miro entreolharam-se, respiraram fundo e responderam que sim. O Regina levantou-se, ajeitou o uniforme, depois correu de volta pro piano e retomou sua melodia. Ele acha que vai encobrir o som do bombardeio?

Era um tipo esquisito, esse Regina, a começar pelo apelido ingrato que tinha. Quando sua mãe ouviu a declaração de guerra pelo rádio, ela escreveu ao major pedindo que dispensasse o filho porque ele era pianista. O major pôs todo o batalhão em formatura e chamou pelo soldado "Regina". Percebendo o engano, corrigiu-se gritando pelo soldado "filho da dona Regina". Como meia dúzia de recrutas se manifestaram, o comandante foi mais específico e berrou por Ângelo Rosa, que apresentou-se. O major prometeu-lhe que jamais veria sua mãe outra vez.

Já na Itália, descobriram que o Regina se guardava pro seu verdadeiro amor. O Mus trouxe uma formosura ao acampamento, que liberava em troca de comida. Tirou a sorte com o Teixeira e o Miro pra ver quem ia primeiro. Ganhou o último, que, de tanto medo de contrair uma doença que lhe custasse o pau, cedeu o lugar ao Teixeira, que, por timidez, renunciou ao privilégio. O Mus então teve uma ideia: porque não levavam a formosura pro Regina, pra ver se ele era homem mesmo? A mulher desabotoou a blusa, levantou a saia e deitou-se ao lado dele. O Regina, tranquilo, olhava fixamente pras estrelas.

O tenente entrou no casarão e viu que o Regina tinha voltado pro piano. Teixeira e Miro ensaiaram pegá-lo outra vez, mas o tenente os conteve: o infeliz tá apavorado; deixa ele tocar, se isso o acalma; todo mundo sente medo, não é? se a gente precisar dele, a gente sabe onde ele tá. O Regina continuou tocando sua valsa tristinha, mas ao mesmo tempo empolgante. Com os olhos arregalados e o seu sorriso tonto.

A esquadra reuniu-se num beco pra escutar as ordens que chegaram: posicionado sobre o Monte Prano, o inimigo domina tanto a planície costeira quanto as estradas que sobem a serra; a missão da patrulha é fazer o reconhecimento dos acessos à montanha pra desalojar os alemães de lá e abrir caminho pra gente seguir pro norte, disse o tenente. O cabo Mateuzinho levantou-se pra chorar afastado ao ouvir seu nome; o Teixeira acendeu um cigarro e reclamou que seus fósforos tinham acabado; o Miro pediu um cigarro a ele, que acendeu na brasa e lhe passou. Miro não queria chorar na frente dos outros – não entendia como o Mateuzinho não tinha vergonha. O Mus beijou o fuzil-metralhador e perguntou se vai finalmente poder dar uns tiros pra valer. O tenente respondeu que a hora era aquela.

A patrulha alcançou o vilarejo de Casoli, na encosta oposta ao Monte Prano, a noroeste. Miro notou como o casario ainda estava preservado em relação a Camaiore. Os soldados estavam desconfiados: o Mateuzinho correu, atravessando a rua, e pôs-se a coberto junto a uma parede. Uma porta abriu e os soldados cercaram o paisano que surgiu, apontando-lhe as armas e gesticulando pra ele manter-se em silêncio. O Regina abaixou o fuzil, pediu-lhe calma e disse que eles vieram pra libertar o país. O paisano gritou: liberadores! liberadores! As janelas se abriram, como todas de uma só vez, e a única rua da localidade encheu-se de mulheres e crianças, rodeando alegremente os patrulheiros.

Os soldados beberam e riram. O Teixeira verteu um gole de vinho da garrafa: — O Regina foi um bom esclarecedor, sim! Ele mostrou o caminho pra adega! — O Mus abraçou o companheiro e bateu no seu peito: — Agora, pelo menos, nós sabe qual'é a monhanha certa. — Dessa vez não vamos nos perder de novo, muito menos dar ouvidos ao Regina, disse o tenente.

O cume da montanha estava coberto de nuvens quando os patrulheiros o alcançaram. Desabaram no chão ofegantes, suados e exaustos. O cabo Mateuzinho respirou fundo: — Agora ninguém pode dizer que o Regina errou o caminho! — Mas qu'é dos alemão? — perguntou Mus. Os soldados vasculharam a área: Miro não encontrou o menor vestígio do inimigo. 'Cês fiquem de olho, hein! e não me dêem bandeira!, disse o tenente. Uma mera seção de artilharia não desaparece sem deixar rastro, que dizer de toda uma bateria. Como o Regina sabia o caminho sem jamais ter estado lá?

As nuvens dissiparam-se, permitindo a vista. O Regina levantou-se pra olhar a paisagem – gritou que podia ver tudo: o mar, a serra e até Camaiore, pra onde apontou. O tenente mandou ele se abaixar imediatamente, mas o Regina caminhou até a beirada do cume e ficou se equilibrando no rochedo. — Toma cuidado, que 'cê vai cair! — falou Mateuzinho. 'Cê não é nenhum cabrito pra pular de pedra em pedra!, gritou o tenente. O Regina virou-se pro Miro com seus olhos arregalados e seu sorriso bobo. O tenente foi até ele: já 'tou cansado das suas idiotices! cada vez que 'cê faz uma pirueta, 'cê põe toda a patrulha em risco, 'tá entendendo? não me interessa se sua mãe é lavandeira ou se é marquesa, ou se ela liberou pro major por sua causa! de agora em diante 'cê vai ter que andar na linha, meu chapa, porque minha paciência acabou!

O Regina sentou num canto, tirou um lápis e um papel do bolso da jaqueta e começou a escrever.

Cabo Mateuzinho gritava, atirando sem parar por detrás de uma pedra. O Teixeira e o Miro, ao seu lado, recarregavam as armas sem saber donde surgiu a emboscada. Ladeira abaixo havia outra coberta onde o restante da patrulha preparava o fuzil-metralhador. No tiroteio ninguém pensa em nada. Ninguém sente nada: tudo acontece e é só. Ainda assim, quando o inimigo parou pra remuniciar as carabinas, o Teixeira os cutucou e os três desceram a encosta. O fuzil estava quente; Miro saltava sobre as pedras, rezando pra os alemães demorarem mais um pouco. Um tiro e o Teixeira caiu ao lado do tenente. Raspão no ombro esquerdo. O Miro reclamou: — Essa merda não vai funcionar, Mus? — e acertou em cheio o peito dum piá descendo a encosta. Outro rapaz gritou e, mesmo na mira do fuzil-metralhador, abaixou-se junto ao companheiro morto. Olhou pro Miro, devastado. Tudo pronto pro contra-ataque, o tenente, com o Teixeira de um lado e a submetralhadora do outro, ordenou a retirada e o Mus foi o primeiro a obedecer. Desceram entre arbustos, numa curva do caminho, e só ali o Mus decidiu atirar, sua arma de barulho pavoroso, sem atingir inimigo. O Regina, presto, remuniciava, mas o tenente gritava, adiante, por baterem em retirada urgente. Miro apressou Regina; Mus levantou-se, carregando seu fuzil-metralhador. Desviaram das moitas, pela fuga. Miro olhou pra trás, viu o rapaz alemão acertar o Regina pelas costas; gritou e descarregou nele o fuzil. O rapaz escondeu-se atrás duma árvore: mais alemães desciam a montanha. O Regina, de bruços, tentava erguer-se, com seus olhos sempre arregalados, mas com um sorriso então perplexo e inconformado. Cuspia sangue. Tirou o bilhete do bolso e estendeu a mão pro Miro. O inimigo abriu outra vez a fuzilaria. Miro ensaiou avançar, mas Mateuzinho, então valente, o agarrou e o arrastou encosta abaixo: — Regina já era, Miro velho!

Monte Prano ficou pra trás.

Como adivinhar que deveríamos morrer tão jovens? Que força nos obrigou a renunciar a tudo o que poderíamos ter sido? Quem foi o piá descendo a montanha? Ele sabia que sua hora era chegada? O tenente vinha pela trilha, seguido pelos padioleiros. Miro vigiava o corpo do amigo: Ângelo Rosa. Aquele tonto! 'tava vivo, tão vivo, subindo a montanha, alegre e doidinho, e agora 'tá aí, morto. Onde vai se dedicar agora às coisas sem sentido? Tocar sua valsa pobre no meio dos bombardeios? Encontrar caminhos no ermo? Subir o topo da montanha pra admirar a paisagem, sem cuidar de nada mais? E de que serviu guardar-se, sem jamais encontrar o verdadeiro amor? Seu tonto! Agora 'tá aí, morto, comido de bicho e fedendo carniça, e nós ficamos aqui, sozinhos, sem ti! Miro acenou pro tenente, depois ajoelhou-se. Tirou o bilhete da mão do amigo morto e leu: *Minha muito querida Isabetta. Tenho medo de enrubescer ao dizer-te estas palavras, por isso te escrevo, com muito carinho. Hoje alcançamos o topo da montanha. Cá do alto, pude ver tua casinha. Não te preocupes, minha pequena, porque garanto que o telhado está bem firme e não vai ceder. Assim que voltarmos, tocarei outra vez a música, para que fiques tranqüila. Depois vou me ajoelhar e dizer-te que és a dona do meu coração. Vou levar-te para o interior e construirei uma casinha para ti, com um telhado bastante forte, para proteger-te do sol, da chuva, e do vento. Vamos criar umas vaquinhas para fazer queijo. Não sabia que tudo o que precisava era encontrar campo maior* e o bilhete terminava assim, sem terminar. Miro tremeu da cabeça aos pés. Ficou sem ar e seus olhos encheram-se de lágrimas. Olhou o corpo, o bilhete, o tenente que se aproximava, e quis gritar, quis correr, quis sumir, quis voltar ao topo da montanha, quis se embebedar, quis morrer e quis saber aonde ir e o que fazer. O Regina estava morto: mais morto que o piá que o Miro matou. O que há contigo, Miro velho? perguntou o tenente. Miro desatou a chorar, gemendo e soluçando, e disse: — Isabetta é cega!

4ª 25-IV-2012 [s.h.]
Araraquara/SP

TERPSÍCORE

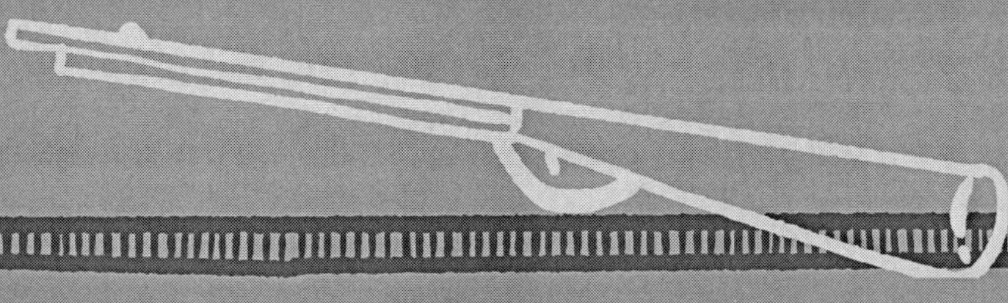

— Me jogaram nesse Rio, e esse Rio me carregou. Tu sabia que em grego "ônibus" é "metáfora"? Tô conduzindo uma metáfora. Trabalhando igual um filho da puta debaixo desse sol. Pagando os meus muitos pecados.

— Pecados?

— Quanto coração de moça que eu parti, viola na mão? Um dia esse circular, ele ia passar em cima desse cachorro aqui também, né não? Eu mereço, esse pilar de penitência. E tu, não tá com calor, não?

— Não.

— Bonitinho, cheirosinho, carregando a flor. Vai fazer exame de fezes?

— Não! Por quê?

— Tu tá aí de paletó, todo "enternado". Vai saltar lá no Fundão?, por que essa linha não passa lá, não, meu filho! Passa perto do Pedro Ernesto, mas só na volta.

— Eu não vou no hospital, não, seo Passos! Vou me encontrar com uma garota lá da Penha...

— Ah! É o coração batendo forte no peito! Já dizia o sábio português: "não deixe a porra empedrar!"

— Tu não tem jeito mesmo, né, seo Passos?

— E tu, que vem falar comigo? É proibido, tu não sabe ler não, ignorante? Pode provocar um acidente! E essa rosa aí, na mão? É roubada ou não é?

— Não é, não.

— Se não for roubada, não vale. É igual beijo: tem que roubar, pra ter validade. Tem que conseguir. Ela é bonita?

— É linda. Linda de morrer.

— Ah, mãe das sereias, minha musa inspiradora! Arma mortal que ela não sabe utilizar. Olha lá, hein? Não vai você morrer por ela, não! E não vai gastar o seu latim com ela, pensando que ela vai entender alguma coisa, por que ela não entende porra nenhuma! Nem de métrica, nem de rima, nem de acorde perfeito maior, a desgraçada!

— O que que tá escrito aí? É latim?

— É o nome da minha musa. Tá escrito em grego. Foi um professor lá da UERJ que me ensinou. Deixo aqui do lado do escudo do Botafogo, pra me dar alguma alegria, minha paixão. (A bênção, tia Zulmira!)

— (Deus lhe abençoe, meu filho! Lhe proteje das sete quedas, saravá!)

— Tu não pede a bênção pra tia Zulmira, não, infeliz?

— Não conheço ela. Como é que se diz esse nome escroto aí?

— "Nome escroto", não! Olha o respeito! É o nome da minha musa. Esse presente de grego que Deus me deu.

— O senhor é doido, não é, seo Passos?

— Se não fosse doido, arranjava outro serviço pra fazer, meu filho.

— E quem é que é essa sua musa?

— Melhor tu não saber, que é pra não agourar...

— Que "agourar", o quê! Tô com meu olho de boi! Tu pode falar, que ainda tá longe do meu ponto.

— Me deu a febre. Acordava de madrugada com aquele nome me dando febre. O passageiro queria saltar e eu passava do ponto. Acidente na Vila Isabel, outro na São Clemente, outro, feio, na Presidente Vargas. Pode? Só nesse Rio de Janeiro mesmo é que um motorista apaixonado não perde o emprego assim. Se não for falta de responsabilidade, só pode ser condolência: puta que o pariu! Doença grave. Artrite, meningite, o caralho de asa. Paixão feroz. Atropelei cachorro na rua. O primeiro, confesso que chorei. Os outros eu já nem ligava mais. Ainda bem que eu não matei nenhum transeunte, senão eu tava era fodido, mesmo. Tu tá vendo aquele monumento ali sentado, perto do Luís?

— Do trocador? Aquela morenaça ali?

— A bronzeadinha de óculos escuros, ela mesma.

— É ela?

— É. A musa do meu fado. Ela é quem carrega a minha lira. E toma cuidado, por que tu já tem a tua garota te esperando lá na Penha, mané!

— Não se preocupe, seo Passos. Tu tem tua musa, que eu tenho a minha.

— Tu tá doente, seu filho da puta! Tá fodido! Sorte a tua de encontrar tua musa, assim tu me ajuda a carregar minha cruz. Você vê: quando larguei da patroa, ela ficou sabendo. Não sei como, mas ficou sabendo, aquela bruxinha. Perguntou pra mim, toda solícita, se eu tava bem. "Se eu tava bem": puta que o pariu, malandro, que aquilo foi o suficiente pra me contagiar com a porra da febre! Pode? Tu crê numa merda dessa?

— A coisa acontece quando a gente menos espera, seo Passos. Num piscar de olhos, tu faz qualquer coisinha à toa, que muda a tua vida. Tu não sabe o dia de amanhã. Tu não sabe, ou sabe? Sabe, mas não quer me falar?

— É, meu poetinha. Encontrei minha musa, meu lírio do campo. Toda sexta-feira, nesse horário, ela vem. Desce no Salgueiro. Acho que vai visitar a mãe, qualquer coisa assim. Criei coragem e convidei ela pra sair. Ela era interessante. Fiz um sambinha pra ela, que eu queria mostrar. Carregar meu pinho, cantar no ouvidinho dela. Levar ela em Paquetá pra tomar banho de praia. Conhecer ela. Beijar ela da cabeça aos pés...

— Como dizia o sábio português...

— ...cala a boca, que eu tô falando! A gente sonha, a gente que é poeta. Mas a musa, a musa de verdade, ela não se mete com os reles mortais, pés-rapados, que nem a gente, não, meu filho. Por isso tu tem que ir bem vestido, assim. E olhe lá, pra ela não descobrir que tu é um fodido, também!

— Quer dizer que tu levou um fora?

— Não! Um "fora", não!

— Mas até eu levaria um fora daquele mulherão, só pra sentir o gostinho, seo Passos!

— (Puta que o pariu, sai da minha frente, paquiderme!) Perdão. Não levei fora, não, meu filho. Ela é fina: nem parece bailarina! Ela "declinou" meu convite, porque já estava acompanhada.

— Que pena. Tu também: tu é feio pra caralho!

— E tu, tu desce aqui. Tá entregue!

— Obrigado, seo Passos! Até amanhã!

— Amanhã é sábado, porra!

— Então, até segunda-feira!

— Vai provocar um acidente por aí, seu apaixonado! Vai com Deus! E boa sorte!

Um bandido entrou no ônibus com um estilete na mão. Ameaçou matar o primeiro. O povo gritou. Um valente levantou-se e foi esfaqueado: caiu num banco, segurando as feridas abertas. O motorista levantou-se, às costas do bandido. A musa tirou um revólver da bolsa. Engatilhou e disparou. O povo gritou. O motorista agarrou o bandido e o desarmou. Os passageiros escaparam. O trocador escapou. O motorista bateu no bandido. Bateu bastante. Chocou a cabeça dele contra o cano de metal. O bandido desmaiou. Fumaça saindo da arma, às duas mãos da musa boquiaberta. O motorista olhou para ela. Sorriu.

Ele sentiu o suor molhando a camisa. Sentiu vontade de tomar um chope, também muita falta de ar. Olhou para o peito e percebeu que estava sangrando. Caiu de joelhos: os dois ao mesmo tempo. Ela jogou longe o revólver. Ele sorriu para ela. Caiu de lado. Compreendeu: o que tinha sofrido na vida não importava — não era nada de mais. Cantarolou o sambinha que tinha composto: *Ela vai dançar para mim / para sempre, ela vai...* Ela escapou. Ele morreu.

Sb 16-VIII-2014 ±18h00
Araraquara/SP

SEREIA

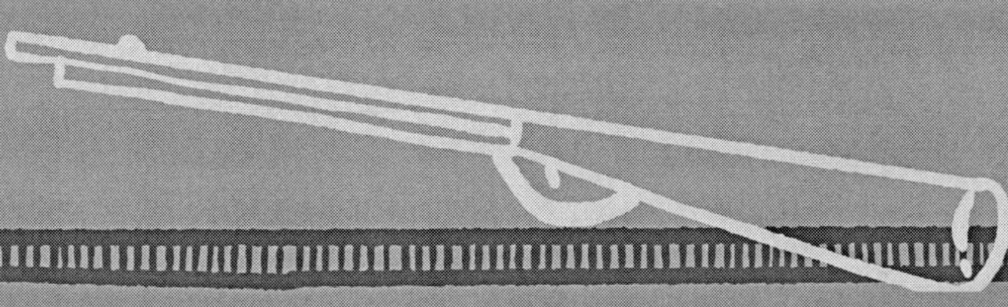

Saí pra fumar um cigarro. Contei um bocado de mentira pro pobre do flanelinha. Você apareceu. Cumprimentou todo mundo. Ficou à porta, cantando, quietinha, que era pra me naufragar. Como foi isso, de tomar nota da sua existência só no velório do meu bisavô? Numa época em que eu ainda não tinha controle sobre os meus problemas. É certo que eles aumentaram. Verão dos nossos treze anos: me considerava gente grande; você, de fato, o era. O velho no caixão: óculos fundo-de-garrafa, bigode branco, mãos postas sobre a bengala. Mãos grandes, de lavrador centenário. Você chegou, tomando guaraná *Taí* de canudinho, formosa e bela. Repleto dos preconceitos duma educação rude, impessoal e cheia de protocolos, achei aquela sua abordagem um insulto. Senti, condicionado pela insensibilidade, que tinha alguma coisa vulgar em beber guaraná na frente do defunto. Fazer aqueles ruídos. Alguma coisa sensual demais nos olhos. Desrespeitosos. Como sempre, respondi algo inapropriado. Fui bruto, como aprendi ser, e você não poderia mesmo prever o coice que tomou. Me chamou de "metido": tu é *metido*, hein! Não sou metido, não; metida é *tu!* — devolvi, já dado a trocadilhos. Custou sete anos pra me arrepender daquela conversa. Pra compreender que a língua é um punhal que nos fere a nós mesmos. E perdi a chance imperdível de passar horas conversando contigo. Rondei o salão — olho no seu brilho, ouvido no seu canto. Seu marido, seus filhos. A menina tem doze: devia ser *minha*. Mostrei as fotos: Tibre, Arno, Pó; Tirreno e Adriático; Apeninos; girassóis, vinhedos e olivais — quis mesmo impressionar. Me chamou de "viajado"; senti que o que você preza é vizinhança, família, raízes. O que necessito. Por que esse desencontro todo, meu Deus? o que foi que cê fez comigo, porra? Chamei seu nome. Você disse que não me reconheceu — pediu desculpas —, mas, pelo seu abraço, sei que sim. Saudade patente. Saudade. Pensa que eu caio nessa? Corri mundo, nêga: paguei foi pecado. E você fez família, assentou nome, cuidou do que tinha que ser preservado. Saltou. E então, aquela saudade, de repente, que senti da sua parte, como uma recompensa terrível por um mal que você nos fez. Quero esquecer cantoria, fogos de ano-bom, sofá. Sua pergunta juvenil que eu não soube responder. A laje da sua casa ainda parece uma ilha no meio da cidade. Outro dia descobri uma única foto que guardo da infância em que você aparece; destacada da criançada: primeiro aniversário de minha irmã. Nada mais. Doutra dessas festas familiares só guardo a vergonha de ter me comportado mal, mesmo pra um indivíduo de doze anos. Me avisaram que isso ia acontecer. A gente era criança — você áries, eu gêmeos. Os astros já tinham combinado que não era pra dar certo. Numa Páscoa, fui com um amigo da faculdade passar uns dias no Rio. Eu quis ver você. Liguei, sua mãe atendeu. Sei que ela sabe de tudo, primeiro porque é sua *mãe*, segundo porque atendeu o telefone. Te chamou. Você disse que precisava estudar com uma amiga, lá na Pavuna. Essa merda dessa vida: por que que eu era moleque? por que que eu não soube decifrar aqueles códigos? E se fosse *essa* a desculpa pra gente se ver, que eu não saquei? e se não fosse, e eu não me arrisquei? Doeu. Mesmo assim, fui direto pra sua casa, pé ante pé e coração na boca, bonequinho de dar corda. Eu quis ver você. Não lembro bem o que aconteceu: a personalidade do seu canto, doce e mavioso, formosa e bela, vestida de preto, enorme, ocupando a sala — aquela mesma sala —; a casa, a cidade, o mundo. Como enlutada, réquiem ou lamento, meu pássaro da alma, vestida de preto; o preto justo, contendo sua volúpia; o preto da escuridão invencível; o preto da morte infeliz, pra mim. Parti. Você disse assim: não some, não! Sumi, igual um otário, pra longe de você. Construí, conquistei, espedacei a nau nos escolhos. Abandonei tudo. Você resiste. Queria ter essa fúria que cê traz no seu sangue. Meu amigo se prestou a brincar com a criançada. Meu tio recomendou Copacabana — conhecer umas gatinhas. Eu não quis sair do colchão pra nada: um dia, ou dois, ou três. Tendo amigo pra beber, tio pra instruir, vida pra administrar. Soube que a sua filha nasceu no ano seguinte. Em agosto foi seu casamento; setembro, o meu: tratei de te acompanhar, pra ver se você me deixava em paz. Nutri esperança de encontrar sua sombra no velório de minha avó. Não encontrei. Me divorciei. É como se deparar com uma antiga paixão outra vez; notar que ela sempre ardeu; se convencer que tu tá é fodido. Não tive você, e é talvez por isso que passo horas tocando esses mesmos sambinhas, essas mesmas marchinhas tristonhas, no violão. Fazendo de conta que cê tá escutando. Pensando: se tivesse escutando, não ia entender porra nenhuma, mesmo! Ou ia? Ia. Só porque *eu* nunca entendi foi nada, não quer dizer que...

Não lembro bem como fui chegar à laje da sua casa. Outra daquelas festas familiares. Não te reconheci, de imediato: precisei pensar bastante pra recordar velório e guaraná. Embainhar o punhal, discretamente. Ouvir o alerta da vergonha soando alto diante da sua estatura de mulher. Formosa. Bela. Ainda mais e muito mais e muito, muito, mais. A gente foi pra rua, chamar o seu tio pra janta. Tinha samba, tinha churrasquinho; um italiano paspalhão conversando com ele, que você atraiu também — e como não? Fiquei olhando os paralelepípedos, só pra não dar um soco na cara daquele filho da puta. Você sequer considerou as fotos que eu tinha trazido. Não te tirei pra dançar, com medo de dar tudo errado. Seu tio interferiu: levou a gente de volta pra casa. E os fogos, vistos da sua laje, são mesmo únicos; cobrindo a cidade, anunciando boa fortuna e espantando urucubaca. Cantamos, pra nos divertir: aqueles sambinhas antigos que ninguém mais conhece, só você e eu. Outra moça, amiga ou prima sua, ficou lá, também, na laje, depois que todo mundo foi dormir. Fumava meus cigarros. Elogiava minha voz. Queria saber como é que era o mundo. Você disse assim: ele desafina, às vezes. Ela me defendeu. Percebi a disputa, embora incerto, mas a mocinha era novinha demais pro meu gosto. Novinha demais na minha vida. Conversamos. E deu tudo errado. E permaneço. Você explicou: tu fez a barba, cortou o cabelo. Nesses anos todos, arranjei umas roupas de homem; aquelas de menino já não me serviam mais. Não imaginei que cê fosse entender — você, que sempre se vestiu de mulher. Me importar, pra quê? Me apresentou o menino. Gostei do jeito que cê ensinou pra ele de apertar a mão; comentei: é assim que se faz, meu filho; quantos anos que tu tem? Sete. Sete anos é uma idade muito importante pro homem. Você pensou que eu tivesse uma filha, mas aquela é uma das minhas sobrinhas. Deus não me abençoou com filhos, não. Entramos. Já tinha pedido a bênção pra sua avó, que *realmente* não me reconheceu. Falei com as suas tias, que me cercaram. Abriram alas pra sua mãe entrar. Sua mãe, ela é leitora: semblante eloquente de poetisa épica. Ficou me olhando com aquela cara de "eu sei de tudo, *mermo*." Condição aliviadora; como o abraço que você tinha me dado à porta do salão; como um prêmio de consolação por um bem que eu não nos fiz. Acho que todo mundo ficou olhando com cara de "a gente sabe de tudo". Aí a sua menina apareceu. Doze anos. Quarta geração, obedecendo os mesmos traços: nariz, olhinhos, boca. Você disse o meu nome pra ela, também. Sei que a vida dos seus filhos vai ser muito mais fácil do que a nossa — e isso é muito bom. Escolhi errado, mesmo. A culpa é toda minha. Você me abraçou de novo, de repente. Eu peguei mais um chope. E dei de escrever uns sambinhas pra esquecer e não esquecer jamais, ao mesmo tempo. Você perguntou do violão, dos versos; perguntou sobre o que que eu escrevo. Dei outra vez a resposta errada: escrevo a verdade. Que força que é essa, que me obriga a te dizer exatamente a coisa errada na hora certa? que me proíbe de adivinhar qual das suas duas faces me provoca? A gente buscou a criançada, quando janeiro entrou, e pegou o ônibus de Madureira; de lá, pra Jacarepaguá; de lá. Guardei por muitos anos na carteira a nota de dois reais que o trocador me devolveu naquele dia, à guisa de recordação. Como se fosse meu talismã, por ser a primeira cédula de dois reais que me veio às mãos. Beijei a ponta do dedo; levei à sua boca; você me olhou dum jeito, que me senti um idiota. Porque eu queria te abraçar e te beijar dentro do ônibus. Longa viagem — você se cansou muito rápido, prezando rua, estirpe, fundamentos. Brincou com a molecada na areia. No mar. Fiquei tomando umas *Brahmas* com o meu tio, que elencou as vantagens de se trabalhar na Marinha Mercante. E você não foi andar comigo — a sua metade pássaro — é porque *sabia*. Quem não sabia era eu, e ainda não sei. Fiquei tão triste que nem me lembro mais do que aconteceu depois; como voltamos pra casa; onde você foi parar. Procurei as duas fotos que guardava — disso recordo, certo — de você com a molecada na onda. Retratos desfocados; estourados; registrados. Perdi ambas. Chorei de raiva de mim mesmo. Não sei nem se isso é maluquice, nem quero saber. Sei que machuca, e muito. Eis a origem desta raiva: quero te esquecer pra sempre. Deus me castigou com essa memória do caralho; e eu nem pra ganhar dinheiro com isso. Seu marido apareceu no salão, dispersando o círculo das tias. Nos cumprimentamos. Ele deve ganhar muito bem, a julgar pela barriga, pela careca, pela educação dos seus filhos. Aquela criançada toda cresceu. Eu quis ver você. Meu priminho brincando na areia da praia; pois é, ele casou. Quis te encontrar no casamento dele — e foi só por isso que voltei, e mais nada! Saí pra fumar um cigarro. Contei um bocado de mentira pro pobre do flanelinha. Você apareceu. Apontei vaga pro rolha-de-poço do seu marido estacionar. Só podia ser ele, dirigindo carrão. Ele, ainda desconhecido. Você cumprimentou todo mundo. Seu "motorista" entrou pro salão; te deixou à porta. Essa merda dessa vida. Por que não fico calado? por que não te amei, simplesmente, de bico fechado? Do que que eu tive *medo*, porra? É quando alguém morre, é quando alguém casa e é quando eu *volto* que a gente se vê. Encalhado nos baixios, nunca mais retornei — por isso ando torcendo, distraído, pra que alguém morra. Que não seja o seu marido almofadinha. É porque é maluquice, mesmo: crer na sua felicidade, satisfação, maternidade e devoção. Fazer de conta que me esforço em me alegrar com a sua alegria. Você sempre vai carregar a alma dos nossos e eu, não. Por mais que tente, não dá pra ser outra pessoa. Sei que a vida é curta e que nós dois já consumimos o melhor dela. Numa noite, pelo menos, tenho certeza. No perigo das explorações primeiras, cê fez tudo certo. Eu não. Me acomodei no sofá. Você apareceu. Me beijou. Perguntou se eu já tinha transado. Menti, você não acreditou: me chamou de *mentiroso*. Tirou a blusa. Luz da rua na sua pele e eu nunca mais pude esquecer os nossos vinte anos. Você aí, matando um leão por dia: pudera te raptar agora; te entregar essa cidade; te fazer rainha. E fico aqui resmungando comigo mesmo, nessa tortura. É por causa dessa raiva, mulher. É porque te quero, nêga. Eu podia é ter ficado quieto; não ter dito nenhuma besteira; só ter estado contigo, mais nada. Não sei se tenho alguma coisa pra te oferecer, mesmo. Estas palavras que você não vai entender. Mas vai. Não é porque *eu* não entendi que você...

Tudo era tão precário naquela época. É certo que nada daquilo mudou. E eu, eu não quero te ver nunca mais — você, que sempre vem aos sonhos meus. Pássaro assombrado: sorriso e voz e a luz da rua te contornando; sofá e família dormindo; calor, pele, suor e boca; e beijos, beijos, beijos. Foi verdade e você sabe. O que foi que aconteceu contigo nesses anos todos? O que é que vai acontecer de agora em diante? E se a sua mãe tivesse levantado de repente? Acordei no quarto das meninas, sozinho. Você tinha saído. Vi um retrato 3×4 seu. Fiquei olhando um tempão. Eu tinha medo de quê? Até hoje não entendo. Fui-me embora, mesmo: fui pra cidade, trabalhar. "Fracassar", como dizem os filósofos e os inexperientes. E é você que é mais metafísica do que qualquer outra coisa neste mundo quando olha pra mim. Olhos cantando alto, entregando tudo, confessando o que sabem: você sabe. Você sabe de tudo e é isso o que me dá esta raiva. É isso e sou eu, também. Onde é que eu tava, antes de afundar? de ser mastigado pelo seu feitiço? Que foi que te fiz, nêga? Que foi que te fiz?

4ª 2-XII-2015 ±14h50
Araraquara/SP

Este livro foi composto com tipografia
Adobe Jenson Pro e impresso em papel
Pólen Bold 90g/m² no outono de 2024.